1/7の魔導使い

著者：たつき

一条翔太《いちじょうしょうた》
かつて世界を救った『1/7の魔法使い』である一条勇治の息子。魔法を自力で使うことができないので、学校では落ちこぼれ。
魔法補具を自在に操り相手を追いつめる独特の戦法を得意とする!!

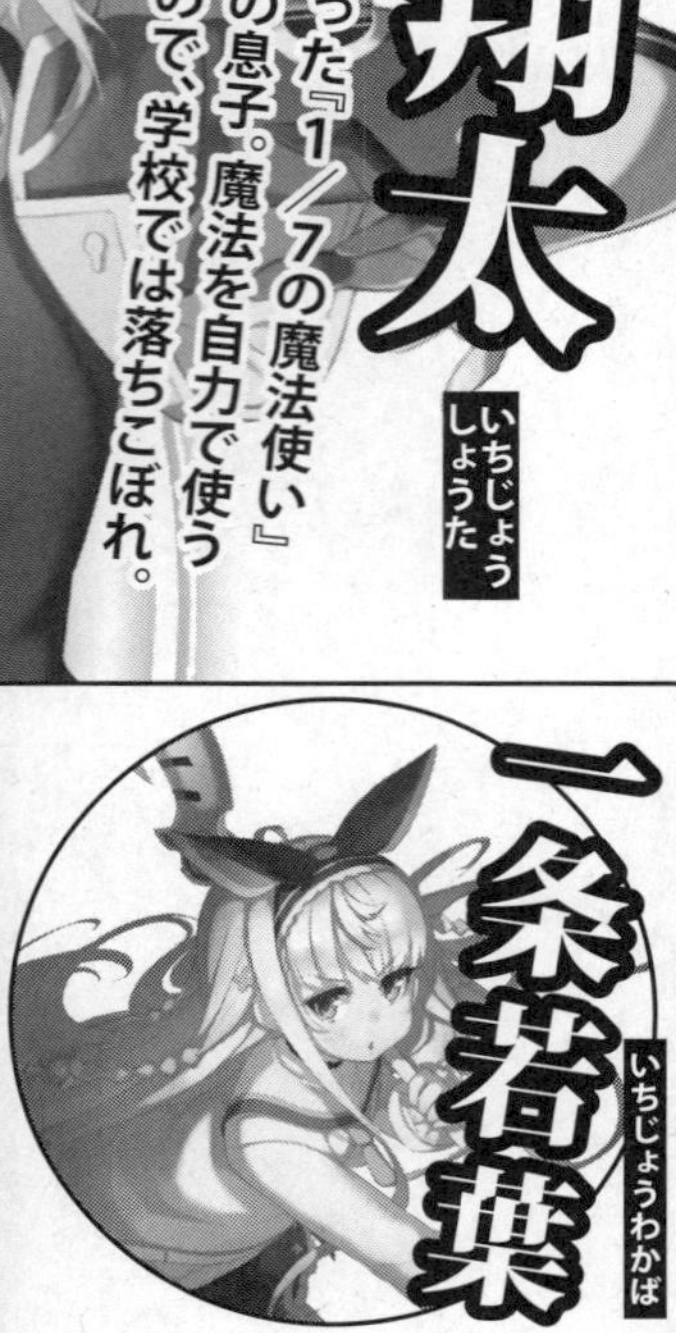

一条若葉《いちじょうわかば》

一条翔太の妹。しかし血は繋がっていない。雷系の魔法が得意で、左手に「ヒライ」と呼ばれる具現化された武器を身につけている。

吉田志乃《よしだしの》

一条翔太とは幼なじみの間柄。魔法で、凄まじい破壊力の巨大な剣を具現化して戦う。幼い頃に両親を亡くし、翔太の母が面倒をみている。

1/7の魔導使い

主な登場人物紹介

ミシェル

古い神殿の祭壇から現れた見かけは七～八歳くらいの謎の幼女。しかし、見かけからは想像できない魔法力を持っている！

魔女《まじょ》

「1/7の魔法使い」たちに封じられたと思っていたが翔太たちの前に出現した伝説の魔女。恐ろしい魔力を秘め、世界を滅ぼす力を持つ。

魔人《まじん》ルシ《るし》

魔女に仕える魔人。人間の二、三倍はありそうな大男で重厚な鎧を身にまとっている。攻撃力、防御力ともハイレベルな強敵！

イラストレーター：TEL－O

目次

【プロローグ】

――世界を救う魔法使いになる――


それは、魔法使いの道では落ちこぼれだった、一人の少年が抱いた夢物語。

少年の途方もない願いは、自らの行動によってその輝きを増し、多くの出会いと助けによって現実となった。

かつて世界を恐怖に陥《おとしい》れた魔女の復活……。

世界最大の危機に、七人の魔法使いの卵である少年少女たちは、力を合わせて未然に復活を防ぐことができた。

その出来事は長く続いてきた魔法社会での、徹底した才能至上主義に対する反定立《はんていりつ》となる。

功績をたたえ、七人は《1/7の魔法使い》と呼ばれるようになり、次世代の旗手とし、世界を新たな道へ導く役目を果たしていった。


――さらに、物語は次なる舞台「空」へと向かう――

人類は、無限に広がる大空に《クラウドセブン》と呼ばれる移動型の浮遊都市を建設し、そこに新たな楽園を築きあげた。

月日は流れ――世界はそこに住む人々を《新人《しんじん》》として区分。

そして、地上に住む人々とは異なる歴史を刻み始めた。


それは、魔女の恐怖に怯えることのない、新たな歴史の始まりとなるはず……だった。

しかし、それらの行動が招く綻《ほころ》びに、まだ誰も気付いていなかった。


歴史は繰り返す。

まるで定められた輪廻であるかのように……。


これから始まる物語は、歴史に翻弄される七人の少年少女たちの新たな物語。

行く先に待っているのは、幸せな未来か、それとも……。

ただ一つだけ……、繰り返す歴史は語る。

定められた道を切り開くのは、エリートじゃない。

定められた道を切り開くのは、「新たな未来」を強く願い続けた者だけだ。

【第一章】魔法が使えなくても戦える!?

――白く……細く伸びる廊下を、全力で駆け抜ける。

そこから伸びる一筋の光を信じて、ただまっすぐに。

その瞬間は、誰にも縛られることのない自由な時だ。

世の中は、欺瞞《ぎまん》に溢れている。生まれた時から勝ち組と負け組は決まっていて、みな気付いていないうちに、そのレールに乗せられている。

俺は、そんな世の中に反抗し……追われている。

いま現在、ある組織に拘束されている俺は、反逆を決意し、自由を手に入れるための抗争中だ。

いつまでも、社会の犬であってはならない。

待っていたって自由は来ないんだ。

自由が欲しければ、勝ち取ればいいだけさ!

「一条翔太！　そんなに試験をサボりたいなら、今すぐ退学してもらってもいいんだぞ！」

……せっかくカッコよく決めようと思っていたのに……。

訂正する！

現在の状況を分かりやすく言うと、俺は試験から逃げ出して逃走している最中だ。

ただそれだけだ！

「翔太！　今ならまだ許してやるぞ！」

後ろからは、もの凄い勢いで追いかけてくる先生の姿。

「翔太！　待てと言っているだろうが！」

言葉とは裏腹に……その口調からは、優しさなんて一切感じられない。

それに……。

「この状況で、待てと言われてもな……」

この流れで、本当に許してもらった人を、俺はまだ見たことがないっ！

先生は、ものすごい速度で追いかけてくる。

俺は、必死に振り切ろうと走り続ける。

小さい頃から、体力には自信がある。

こうして何かと戦い続けるためには、基礎体力の高さが必須条件と言えるだろう。

「翔太……！　だから待てと言っている、だろ！」

廊下を一直線に走り続け、少しずつだが確実にその距離を広げていく。

「はぁっはぁっ。これで……」

何とか逃げ切れるか……、そう安堵を浮かべようとした次の瞬間、

「仕方ない……」

その声と同時に、急に後ろから追い風のようなものを感じた。
生み出された風は少しずつだが……勢いを増していく。
窓でも開いているのだろうか……？
だが、すぐにその判断が間違いだったと気付いた。
ここは、足が速ければ逃げ切れるような、そんな甘い学園ではない！
俺は、走りながら後ろを振り向いた。
すると、碧色に輝く大きな円形の魔法式を展開する教師の姿が見えた。
そう、後ろから吹きすさぶ風の正体は……教師が魔法式で生み出したものだったのだ。
「風の翼《ウェルテクス》！」
ぶおっ！
先生の声に合わせて……描かれた魔法式に力が込められていく。
「な……何だ⁉」
直後、背中から突風による煽《あお》りのようなものを受ける。

その凄まじい風の強さに、俺は思わずよろめいてしまった。

だが、その狙いは俺の体勢を崩すものではない。

「翔太！　待てと言っているだろうがぁー！」

次の瞬間、その教師は風に乗り、ありえない速度で俺の横を通り過ぎた。

「そ、そんなの反則だろ！」

先生の魔法で、全力疾走で必死に稼いだ距離を一瞬で無にされてしまった。

これが、この学園内での《普通》なのだ。

だが、その普通に対抗する手段が……。

「……くそっ！」

俺はとっさに方向を変え、教師の動きをかわす。

今は、そんなことを考えている場合じゃない。

まだ捕まったわけではないのだ。

幸い先生はずいぶんと先に着地し、こちらへと向き直ろうとしている。

先生の魔法による移動は、速度こそ凄まじいが、そんなに小回りがきかないようだ。

そして、俺と教師の間には階段がある。

「これなら……」

まだあきらめるには早い。

ここで捕まったら、俺はこの学園をつまみ出されてしまう。

「いや……」

でも……俺は逃げているのだから、つまみ出されるのはむしろ《あり》なのか……!?

って、そんなことはどうでもいい。

大事なのは今！　後のことは逃げ切ってから考えればいい。

「退学は嫌です！　でも自由はください！」

「男なら潔く、どっちかにしろ！」

ぐぅの根も出ない正論……。でも、負けるわけにはいかない。

《落ちこぼれ》の俺が生き残る方法なんて、どうやったって所詮はアウトローの道しかない。

「……分かってはいるんだけど」

とりあえず、怒られるのは嫌だ！

なら、今はひたすら逃げるしかない。

お互いのちょうど中央に位置する階段に向かって、俺たちは同時に走り出す。

「くそっ……逃げ足だけは一人前だな……」

先生よりも少し早く階段へとたどり着いた俺は、上へと進む。

「へへーんだ！」

この状況で、なぜ上に上がるのか!?

それは、この先には逃げるときに必需品としている、お手製の救助袋があるからだ。

入学以来、このような状況を何度も救ってきた俺の相棒。

これを使って一階へ降りれば、めでたく逃走は成功だ。

先生のように魔法が使えないのであれば、代わりに何かを使うしかない。

俺の場合は《頭》だ。悪知恵という言い方もあるが……。

「今回も、よろしく頼むぜ」

俺は先生の姿がないことを確認し、砂袋とともに救助袋を地面へと下ろす。

後は降りるだけだ……。

しかし、安堵した直後、一人の少女が視界に入ってきた。

おかしい、ここの存在はまだ誰も知らないはず……。

「まったく、いつもいつもこうやって……」

「その声は……」

明らかに聞き慣れた声だ……あれは……。

眼前の少女……志乃が、手を前に向かって突き出すと……彼女の体の周りが光に包まれる。
光の粒子となって具現化した魔法力が、やがて志乃の右手へと収束する。
すると次の瞬間、可愛らしいかけ声からは想像もできない、黒光りする大剣が具現化された。

「はぁぁあああっ！」

「志乃……!?」

「げげっ……！」

やばい……あれは、本気の眼だ。

「翔太くん……！」

「ちょ……ちょっとタンマ！」

「これで……少しはまじめになりなさい！」

その後、耳に届く鈍い音。

――ドスッ！

一瞬、目の前が真っ暗になる。

さらに、顔面が押しつぶされる感触が押し寄せてくる。

それでようやく俺は、志乃の剣の横っ腹の部分で殴られたことに気付いた。

「痛いって！　ちょっとは手加減しろよ……‼」

俺は顔面を押さえ、うずくまるような姿勢になった。

「もう！　手間をかけさせないでよ」

こちらは痛みをこらえるのに精一杯で、志乃のほうを見ることすらできない。

だが、彼女が怒りの表情でこちらを見下ろしていることは、容易に想像できた。

すると、別の足音が近づいて来るのが聞こえてくる。

少しだけ顔を上げると、そこには先生の姿があった。

「……なんだ、吉田もいたのか」

「はい先生。いつもすみません」

そう言いながら、志乃は剣で俺の頭を小突いてくる。

「ほら、頭を下げる！」

そのまま剣で頭を押され、土下座に近い体勢にされる。

「吉田も大変だな……」

「ええ……。でも、小さい頃からの付き合いですし、もう慣れました」

「そうか。お前も優秀な幼なじみを持ってよかったな」

「あい……感謝して……ます」

俺は土下座をしたまま、そう声を絞り出す。

我ながら情けなさ過ぎる格好だが、逃げ損ねた以上、甘んじて受け入れるしかない。

これが、負け組の末路なのだ。

「先生、後《あと》は任せてもらえますか？」

「分かった。きつーく、躾《しつ》けといてくれよ」

「はい。大丈夫です♪」

先生の足音が、少しずつ遠ざかっていく。

「助かった……」

どうやら……この場は志乃に委ねられたようだ。

だとすれば、いつもの調子で切り抜けられるだろう……。

「あ、そうだ。翔太、後で補習だからな」

いつだって現実は厳しい……。

「あい……」

俺の返事を聞き終えると、先生はその場を去った。

ようやく安堵の瞬間が……と思ったが……。

「いでで……」

俺は体を起こし、改めて見慣れた少女の方に視線を移した。

「あのなぁ……!」

その瞬間、窓から吹き込む風で、女の橙色の明るい髪の毛がふわりとなびく。

まん丸な瞳に、人当たりのよさそうな愛くるしい笑顔。

間違いなく俺の幼なじみ「吉田志乃《よしだしの》」の姿がそこにあった。

「……まったく、少しは手加減しろよ! 顔が潰れたらどうするんだ!」

「別にいいじゃない。たいした顔でもないんだしー」

「そういう問題じゃない!」

「平気だよ。翔太くんはバカだけど、頑丈だから♪」

そして、志乃は怒りの表情を浮かべる。

「それよりも……何してたの!? 先生に翔太くんを探してくれって言われた時、びっくりしたんだから!」

「いや……それは」

「それは、じゃないよ! 今日、朝ちゃんと約束したよね!? ちゃんと真面目にやるって!

それなのに……」

「それは分かっているよ。だから、悪かったって……」

「いーえ、分かっていません！　前だって……あれを解決するために、私がいったいどれだけの人に頭を下げて回ったと思ってるの⁉」

あれ……先週の、テストの点数を改ざんするために職員室に忍び込んだ件だろうか？

それとも、あまりに長い朝礼を終わらせようと、校長の台座に爆弾を仕掛けた件？　はたまた……。

「あー、いろいろと思い当たる節があるのは分かったから！　そうじゃなくて、私が言いたいのは昨日の今日でもう問題起こすなってこと！　今回の件だって、このまま放っておいたら……どうなるのか分かっているの⁉」

「ええと……」

「わ・か・っ・て・い・る・の⁉」

志乃が、いつもとは違う形相でこちらを睨んでくる。

「……どうなるの？」

「さっき職員室で、退学の話が出ていたみたいだよ！」

「た、退学⁉」

「そりゃそうだよ!! むしろ今まで退学になっていない方が不思議なんだから……」

「確かにっ！」

「って、納得してるんじゃないわよ！」

「いや、思い当たることが多すぎて……」

思い返してみると、今日のような出来事の連続だったような気がする。

むしろ……志乃の言う通り、よく今まで退学にならなかったものだ。

「そうじゃなくて！ こうして穏便《おんびん》に片づけているんだから、そろそろ私の《言うこと》を聞いてよね！」

「言うことって？」

「分かるでしょ！ 真面目に学園生活を送るってことでしょ！」

志乃が、これでもかという至近距離にまで詰め寄ってくる。

「別に、俺が何をしようと勝手だろ」

「……人が心配してるのに、その態度はないいんじゃない？」

「うるさいな！ いちいち口出し……」


ドスッ！

……再び、襲ってくる鈍い感触。

「い、いだい……」

「黙って反省する！」

「はい、すびばせん……」

二度目の殴打は、大剣に押し潰される形で俺の顔面を的確に捉えた。

その結果、俺は鼻声混じりの応答を余儀なくされる……。

「もう……殴ることはないだろ！」

「言っても分からない人には、こうするしかありません！」

「そんな……」

「もう、ほんと手がかかるんだから……」

そう言いながらも志乃が、こちらに心配そうな視線を送ってくる。

「別に、放っておいてくれてもいいんだぞ？」

「そんなことしたら翔太くん、すぐに退学になっちゃうじゃない！　これが、何回目か分かってるの!?」

「……さあ？」

「七十七回目よ！　分かる!?　私が翔太くんのためにどんだけ時間を使ってるか！」

「そうだな……一回が大体十五分くらいだから、それが七十七回だと……」

「なんで素直に時間を割り出そうとしてるのよ！　それだけ迷惑をかけてるんだから、反省しなさいって言ってるのよ！　は・ん・せ・い！」

「あ、そっち？」

「もう……そうやって、いつもはぐらかすんだから……」

「お前も大変だな……」

「だったら少しは改善しなさい！」

「分かったよ、まあ気が向いたらな」

「はぁ……なんでこんなのが幼なじみなんだろう……」

志乃が大きく深呼吸をした。気持ちを整えているようだ。

「で……、今回は何をしていたの？」

「試験をサボろうとしていたんだよ！」

「そんなこと、堂々と言わない！」

「仕方ないだろ、ほかに言いようがないんだから」

「少しでも反省していたら、そんな言い方はしないはずだよ。それとも……まだ足りない？」

言いながら、志乃が手に持った剣をこちらへと見せつけてくる。

「ま、間に合ってます!」

「そう? 残念」

そういうと、志乃が剣をしまう。

魔法によって生み出されたものなので出し入れ自由だが、こういう暴力に使われるのであれば多少なりとも規制をかけて欲しい。

「しかし、よく俺がここにいるのが分かったな……」

今は、実技試験の真っ最中……。

ほかの生徒たちは自らの試験で頭がいっぱいのため、それどころではないはず。

「翔太くんを担当している先生から、探してくれって頼まれたんだよ!」

なるほど……って、学生にそんな依頼するなよ……。

しかし、俺の行動によって七十七回も志乃に迷惑をかけていたとは。

そして、いつものように俺はあっさり捕まってしまった、と。

そりゃ教師も志乃のことを頼るはずだ。

長い付き合いで、お互いの手の内は分かっているからな……。

しかし、あの秘密の抜け道まで見抜かれてしまっては、もうお手上げだ。

「それで……どうして試験を逃げ出したの?」

「仕方ないだろ。俺にできることはなかったんだから」

「それとこれは話が違うでしょ！　翔太くんはここの生徒なんだから、そんなワガママ許されないよ？」

だが、世の中にはどうにかできることと、できないことがある。

魔法使いの世界において、魔法式の素養は先天的なものがほとんどで、才能のないものがその序列を覆《くつがえ》すことは容易ではない。

それが根本的なものであればあるほど。

「仕方ないだろ……俺は……」

俺は思ったことを口にしかけたが、すぐに思いとどまった。

そのことを口にしたら、それを完全に認めてしまうことになる。

「大変なのは分かるけど……、でも頑張ろう？」

「と、言われてもな……」

「それに、勝手に退学になったら……一緒に居られなくなっちゃうし」

志乃が指をいじいじさせながら、泣きそうな顔を見せる。

どんな事情があろうと、幼なじみにこんな顔をさせてしまったら男として失格だ。

「分かった……もうしない」

「ほんと？」

「ああ、俺が悪かった」

「……もうっ、しょうがないんだから！　あ、鼻から血が出てるよ……」

志乃は、ハートマークの描かれたお手製のエイドポーチから絆創膏《ばんそうこう》を取り出す。

「はい。これでよしっ……と。これからは気を付けてね」

ああ、と言いかけて、今までの流れを思い出してみる。

この傷は、諸々の事情はありながらも、志乃によって負わされた。

つまり、この行為は自ら痛めつけた相手を、自ら治療をするというもの。

これぞ半永久的に奉仕可能な、最先端の世話焼きなのかもしれない。

などとくだらないことを考えていると、予鈴が鳴り響く。

「この後はどうする？」

志乃が先ほどと一転、こちらに満面の笑みを浮かべている。

だが、これが心からの笑顔でないことを俺は知っている。

この笑顔は逆らったらもう一発だよ？　と言っているのだ。

ここを間違ったら、俺の体がいくつあっても足りなくなる。

「教室に行けばいいんだろ？」

「はい、よくできました!」

俺は、イェグディウール国立魔法学園、予科生――一条翔太。

学園始まって以来の《落ちこぼれ》と言われている。

◇

教室に着くと、クラスの中は騒然としていた。

耳を傾けると、話題の大部分は先ほどの脱走事件のことのようだ。

「お前……戻ってきたのか……」

「ああ……さすがに甘かったみたいだ」

どうやらほかに逃げていた奴らも捕まっていたようで、すでに教室で授業の準備をしていた。

「よう、翔太。また盛大にやらかしたみたいだな。今回はどうなるんだ?」

話しかけてきたのは、クラスメイトの橋本輝男。気の合う悪友だ。

「まぁ、なるようにしかならないんじゃないか?」

「ははっ、その度胸を俺にも分けて欲しいもんだ」

雑談をしながら、次の授業の準備をする。

試験脱走の件については、おそらく後から大量の課題という名の罰が科されるだろう。

だが、真面目に授業を受けると決めた以上、やるしかない。

そう思い立ち、俺は気持ちを入れ替えて席へと着く。

俺が通っているのはクラウドセブンの中で経済島に位置する、イェグディウール唯一の魔法学園。

学園には魔法の優れた才能を持つ生徒だけが入学を認められ、多くのものはここを卒業すると世の中に魔法使いとして輩出され、その道を歩むこととなる。

俺はその中で、予科生として魔法使いを目指している。

魔法使いを目指す者に、人種も肩書きも関係ない。そこにあるのは残酷なまでに徹底した才能至上主義だ。

俺は、それを理解した上で、この学園に入学したはずだった。

だが、現実はそう甘いものではなくて——。


——むぎゅ!!

甘く、心地の良い香り……。そんなことを考えていると、どこかからそんな匂いが漂ってくる。続けて腰の辺りに、何か、柔らかいものに抱きつかれたような感覚を抱く。

「何考えてるんや、ワレ。どつきかましたろか?」

視線を下に下げると、我が妹の若葉の姿が……。

「調子に乗りすぎやで。ちびっとでええから、相手のこと考えーや」

「悪かったよ」

「分かればええんやで。ちゃんと反省せーや?」

「……あのな」

俺の妹はこんな胡散《きな》臭い言葉を話すキャラではない。説明が難しいのだが、今しゃべっているのは妹であって、妹ではないのだ。

「ちょっ! くすぐったいでんがな」

抵抗して、なかなかうまく剥がれない。意外としっかりくっついているようだ。

「翔太はん。そ、そこはアカンて。も、もう少しだけでええやら、優しくしてーや……」

妹に抱きつかれたまま、左手にくっついていたオマケを俺の視界にまで持ち上げる。

「……気持ち悪い声を出すな、ヒライ!」

「文句言いたいのはこっちや! もう少し、丁寧に扱ってーな」

俺は声の主へと視線を送る。

猫のでき損ないにしか見えない謎の浮遊物体だが、その実態は若葉の武器である。

魔法使いはその能力の発現と共に、自らに適した専用の武器が具現化される。先ほど俺が殴られた志乃の剣もそれである。

魔法の補助として、時には主武器として魔法使いの戦いの鍵になる重要なものであり、魔法使いにはなくてはならないものだ。

そしてこいつは……若葉が魔法に目覚めた時に具現化されたのだが、武器の形態を取っておらず、まるでぬいぐるみのような見た目で若葉の左手に寄生している。

それ自体が前例のないことでかなり騒がれたが、なぜそうなったのかは不明である。

武器の具現化については、使用者の願望が顕在化するため、何も意味がないということはないはずなのだが……とりあえず、頭に避雷針のような角があり、妹の周りをふわふわ飛来していることから、俺はこいつを仮に、『ヒライ』と呼んでいる。

「しっかし……お前は一体何なんだろうな」

「いだい、いだい……そんな引っ張ったら引きちぎれてまうで！」

「別に、俺は構わないが」

「ワイが困るんや！　ワイには、若葉を守る大事な使命があるんや！」

しかもこのように、会話までできるときたものだ。

最初はその素性を解き明かそうと学園の内外から有識者《ゆうしきしゃ》が集ったが、異分子すぎて、全員そろって匙《さじ》を投げてしまった。

「お前に、そんなことができるのか?」

「ひどいでーあんちゃん……。ワイとあんちゃんの仲で、忘れたとは言わせへんで!」

「俺はそんな仲になったつもりはないぞ⁉」

「気持ち悪いから、俺の手から離れろ!」

「あぁーん! あんちゃんが思い出すまで、ワイは離れへんで」

力一杯に引き離そうとするが、どんなに力が入れても剥がすことができない。

しかも、若葉が得意な魔法式である「雷」が付加されているため、触ると地味に痛い。

「いだいっ、いだいでっ……、堪忍してーや!」

「ならっ、俺の手から離れろ!」

「兄さんに迷惑かけちゃだめ!」

すると、先ほどまでの抵抗が嘘のように、俺の手からヒライが外れる。

「まったく、困ったヒライさん」

どうやら素に戻ったようだ。こちらが俺の妹、一条若葉。

心配性で甘えっ子なところがあるが、飛び級で学園への入学を決めた才女で、俺と同じクラスに通っている。

「せかやて、あんちゃんが……」

「兄さんも本気じゃない。実はヒライさんのこと、大好きなのよ」

「そんなん感じたことないで」

「意外と……裏では褒めているよ」

「ホンマかいなっ！」

「うん、本当だよ」

「あのな……」

ヒライが嬉しそうな表情を見せるので、そんな事実はないと否定しようと思ったが無理に否定する必要もない気がしてきた。

「……兄さん、どこ行っていたの？」

若葉が、こちらを鋭い視線で見つめてくる。明らかに、疑いを含んだ目だ。

「いや……ちょっと散歩に」

「嘘つき……試験、抜け出したって聞いたよ」

「……知っていたのか」

「当たり前。兄さんのことなんでも知っている」

「なんでもって……」

「兄さん……疑っているの？」

「いや……そういうことではなくてな」

「疑っているなら証明する。兄さんのベッドの下にある、巨乳ものの……」

「ああー！　分かった分かった！」

若葉の言葉に、周りから嫌な視線を感じる。

というか、なぜ若葉が俺の秘蔵コレクションの場所を……。

って、そうじゃない、俺が言いたいのは。

「誰から、試験のことを聞いたんだ？」

「志乃さんから……。兄さんを探しているって言ってた」

そう言いながら、ほっぺたを膨らませて怒りの様子を見せる。

「それよりも本当？　兄さん、退学になるって」

「いや、そこまでにはならないと思う」

この後にたんまりと補習をさせられるだろうが、……。

「だから、大丈夫だよ」

すると、抱きしめる力が強くなるのを感じた。

「……よかった。心配した」

どうやら、今日のことはすべて教室のみなにも筒抜けのようだ。

「そうやで！　ワイも心配したんやで！」

「うん。ヒライさんも、怒ってる」

「悪かったよ。許してくれ、若葉、ヒライ」

「……許してあげる」

「分かればエエんやで」

「……で、どうして？」

「どうしてって、何がだ？」

「……試験をサボったこと」

「そんなの簡単だ。魔法式が使えないからに決まっているだろ？」

その声は、断じて俺が発したものではない。

抱きついてきていた若葉を離し、声の先へと視線を送る。

「何か用か……?」

神条達也《かみじょうたつや》。

何かにつけて突っかかってくる俺のクラスメイト。

俺は達也を睨みつける。

相手も退くつもりなどないのだろう。

達也もその視線に対して真っ向から睨み返してくる。

「もう……、今いいところだったのに」

若葉は、今の状況を無視して、そう的外《まとはず》れなことを告げる。

「って、若葉……」

いや、そうでもなかった。若葉は言いながらも、俺の背中から離れようとしない。

「ははっ、素晴らしい兄妹愛だな。できのいい妹と、問題児の兄……という図じゃなければもっと完璧なんだけどな」

「……兄さんを悪く言わないで」

「別に悪くなんて言ってないだろ。事実を言っただけだ」

達也の声に雑談が止み、皆の視線が俺たちに集中する。

「だとしたら、その態度を改めた方がいいんじゃないかな?」

黙っていられないといった表情で、志乃が割り込んでくる。

それをきっかけに、一気に教室の中の空気が張り詰めていく。

「おお、おっかない。こんな可愛い子に助けてもらえて幸せものだな、翔太」

「何が言いたいんだ？」

「いや……みんな、なんでこいつに肩入れするのかなと思ってね。退学になるなら、さっさとなっちゃえばいいだろ？」

「それはお前に関係ないだろ！」

「そうだな。だが、お前みたいなのがいると目障りなんだよ。この学園は、魔法使いを目指す者が集まる場所なんだからな！」

達也が明らかな敵意をこちらへ送ってくる。

「それとも……ここまでしても、退学にならない《何か》があるのか？」

明らかに、それが何かを分かったような口ぶり。

「……ちょっと！」

達也の分かりやすい挑発に志乃が反応して、振りかぶる仕草を見せる。

「お前たちは黙ってろ！　これは、俺とこいつの問題だ」

達也に視線を送ったまま、俺は両手を横に広げた。

「分かっているじゃないか。覚悟がついたなら、今すぐ退学しろよ」

「何か勘違いしてるのか？　お前なんかを相手にするのに手助けなどいらないってことさ！」

そう言うと、戦闘態勢に入る。

確かに俺は、魔法式を発現することができない。

だからといって、ここまで馬鹿にされて黙っていられるほど人間が出来ていない。

それに……魔法使いを目指すものに、人種も肩書きも関係ないはずだ……と。

必要なのは、自らの信念を通す、強い「意志」だけだ。

「ははは。それでこそ、張り合いがあるってもんだ」

俺の視線に決意を感じたのか、達也の視線もより一層力強くなる。

お互い、準備万端といった様子だ。

「でもいいのか？　誰の助けもなしで……」

達也の目の前に、魔法の構成式が展開される。

網目のように繊細に練りこまれた構成式は魔法使いにしか視ることができない。

逆に魔法を扱えれば、構成式を見れば大体の内容が把握できる。

こいつが俺に対して、攻撃的な意味を持つ魔法式を発現しようとしていることも……。

「命乞いすればやめてやってもいいぞ。いっそこれを機に、魔法使いなんて諦めたらどうだ？」

「余計なお世話だ」

「って、それは無理か……。1／7の魔法使いの息子っていうのも、大変だな」

「親父は関係ない。俺は、俺の意志でここにいる！」

「その覚悟だけは褒めてやるよ。火の――」

「……やめなさい！」

するると、奥から教師の声が聞こえてくる。

どうやら、休み時間が終わり、次の授業の教師がやってきたようだ。

お互い公《おおやけ》になるとバツが悪いと判断し、黙って退くことにした。

◇

――魔女神判。

俺は、単調なテンポで進められていく退屈な授業ではあるが、真剣に歴史の授業に耳を傾けた。

新魔法暦三十八年、世界に訪れた危機。

「魔女」という災厄の復活を未然に防いだのは、当時まだ学生だった少年少女たち。

世界を救ったその七人の魔法使いは、現代社会の基盤を作り上げ、その功績を讃《たた》えて後に「1／7の魔法使い」と呼ばれることとなった。

この授業を聞くたび、どこか他人事ではない感覚を抱く。

俺――一条翔太は、1／7の魔法使いの中の一人、一条勇治《いちじょうゆうじ》の息子だ。

歴史を授業で学びながら、記憶にない父の姿をこうやって意識させられることへの違和感を、俺は常に抱いていた。

歴史がどう語ろうと、俺の知る親父は小さい頃に母さんを残して行方不明になったまま、今もどこにいるのか、生きているのかも分からない存在だ。

母さんはそんな親父のことを気にかけてないと言っている。

しかし、それが建前であることを俺は知っている。

母さんがアナウンサーの仕事をしているのは、情報の最先端が集まる現場で、親父の情報を探しているから。

母さんは、何も言わずにいなくなった親父のことを責めずに、残された俺たちを女手一つで育て上げながら……ずっと、親父を探している。

俺は、そんな母さんに頭が上がらない。

その反面……俺は常に一つの感情が頭から離れない。

俺は、親父が大嫌いだ。

親父がどれだけ偉大なのか……とか、そんなことはまったく関係がない。

俺にとっての親父は、母さんのことを放って出て行ったまま……何の連絡もしてこないろくでなしだ。

だから俺はそんな母さんのために、クソ親父を探し出して連れ帰ってやろうと決意した。

しかし、そこで実感させられたのは、俺は自分で進む道も、行く先も決めることのできない「無力」な存在だということ。

世界に飛び出すには、自らに力がなければならない。

そのために手っ取り早いのは、魔法使いになること。

だが皮肉にも、俺には魔法式を扱うことができない。

そんな俺がこの学園に入学しりことができたのは、親父の息子である、ということが大きな理由だろう。

だが、なりふりなど構っていられない。

形なんてどうでもいい、まずはこの状況から飛び出さないといけないんだ。

そうして俺は、親父と同じ、魔法使いの道を志した。

俺が望みを成し遂げる……そのためには、どうしても「魔法使い」と言う肩書きが必要だからだ。

◇

午後からは実技の授業が始まる。

月に一度行われる、実戦形式での授業だ。

各々のレベルを披露する場でもあり、皆これのために毎日の収斂《しゅうれん》に励んでいるため、生徒たちの熱気も他の授業とは段違いである。

実技の授業では、普段の訓練とは違い、特に制約するものがない。

魔法、武器、その他一切の使用が認められており、相手の降参か、続行不可能と判断された場合を除いて中止となることはない。

そのため救護体制は万全。

会場も、五十メートル四方という十分な広さ全体を包み込むように、防御結界が展開されている。

よって、どんな大きな魔法式を使用しても問題ない。

相手は、学園内の生徒。

基本的には予科生同士、抽選で決められた組み合わせとなり、始まるまで誰と闘うのかは分からない。

事前に分かっている戦いでは、事前対策がしっかりできてしまうので訓練にならない、というのが主な理由だ。

自分の順番より少し早めに会場へとやって来ると、四つある会場のうちの一つが、人だかりになっているのを見つける。

どうやら妹の一条若葉の試合が行われるようだ。

「おいっ！　一条さんの試合が始まるぞ！」

人が人を呼び、まだまだ集まってくるようだ。

「始め！」

開始の合図に、一同が試合風景に視線を移す。

まず仕掛けたのは対戦相手の方。

だが、若葉はそれを読んでいたかのように逆の方向へと移動し、そのまま細かな魔法式で相手のリズムを崩していく。

相手はそれをかわすので精一杯だった。

ペースは完全に若葉のものだった。

「あっ……！」

若葉の攻撃に耐え切れず、対戦相手が体勢を崩す。

「いくよ、ヒライさん……！」

「はいでんがな！」

その掛け声に、ヒライが一瞬にしてその姿を一変させる。

若葉の魔法力を受け、一瞬で……一本の杖と化した。

先端に雷で具現化した龍のようなもの見える。

使う者よりも大きな杖。

「これで……決める……」

若葉は杖を高らかに天にかざすと、目の前に魔法を展開する。

複雑に編みこまれた構成式は力強く、精緻《せいち》で……その美しさに見るものすべてが一瞬意識を奪われてしまう。

「……っ！」

ただ一人、目の前でそれと対峙するものを除いて。

描かれた構成式に、若葉の魔法力が吹き込まれる。

雷の魔法に合わせて、若葉の頭上に展開された巨大な構成式が小金色に輝く。

「雷神の霞槌《トールハンマー》」

頭上の魔法式から巨大な雷の金槌《かなづち》のようなものが出現する。

「えいっ！」

それは若葉の掛け声と共に、対象を目掛けて一直線に振り下ろされる。

「……っ！」

巻き起こる粉塵……静まり返る観衆をよそに、涼しい顔の若葉。

やがて視界が開けてくると、横たわる対戦相手のすぐ前に、巨大な穴が開いていた。

「しょ……勝者、一条若葉！」

言葉を失っていた観衆から、盛大な歓声が上がる。

対戦相手に同情してしまう——あまりの力の差に。

そもそも勝ち目などあるわけがない。

一同はそんな状況に、息を吸うことさえ忘れたかのように見とれている。

若葉の戦い方は、理想的な魔法使いのスタイルを体現していた。

「……兄さん、見てた？」

「ああ、いい試合だったな」

だが、妹はあまりうれしそうな表情を見せない。あまりに一方的な展開だったためだろう。

「勝者なんだから、もっと嬉しそうにしないと」

俺は、試合が終わった妹の頭にぽんと手をのせ、試合の結果を称える。

「……ありがとう」

若葉がようやく笑みを浮かべる。

普段から表情に乏しいと言われているようだが、なんてことはない。ちゃんと喜びを表現できるじゃないか。

「……でも、兄さんにはかなわない」

「周りから聞いたら、嫌味に取られるぞ」

あれだけの戦いをしておいての謙遜《けんそん》は、それがたとえ本心だったとしても、凡人からしたらよくは捉えられないだろう。

「……でも、本心」

若葉はじっと、俺のことを見つめてくる。なぜかこいつだけは、俺のことを高く評価してくれていているのだが、《優秀な妹と落ちこぼれの兄》という不釣り合いな状況が、いろいろと入らぬ火種を招いているようだ。

「次の試合を始める。対象者は会場内へ入れ！」

前の試合の片づけが終わったようで、会場アナウンスが次の試合の開始を告げる。

「俺の番だな」

「……いってらっしゃい」

「ああ、行って来る」

俺は、妹の過剰な期待を背負い、会場へと進む。

「両者、前へ」

その言葉に、試合の開始場所、白線の上へと着く。

三分間、一本勝負での模擬戦。

開始のゴングがなるまでの数秒、目の前の相手をしっかりと眼に焼き付け、一挙手一投足を見逃さないよう集中する。

俺は、確かに魔法式を扱うことはできない。

だからといって戦うことができないわけではない。

魔法の理論を理解すれば、どんな状況でも必ず活路はある。

「始め！」

「はぁっ……！」

開始と同時に、俺は相手の方へと駆け出す。

魔法が扱えない俺にとって、相手に主導権を渡すわけにはいかない。

先手必勝、それこそが戦いの信条だ。

「氷結の一矢《イズーン》！」

相手もその辺りは理解しているようだ。速射型の魔法式を用いて応戦してくる。

一瞬の間の後、相手は魔法式で、一本の氷の矢を生み出した。

だがこの手の魔法式は、実はそこまで脅威ではない。

もちろん当たれば血が出るし、生身の体で受け止めることは不可能だ。

だが、目の前に見える構成式をきちんと把握すれば、進路を予測することは可能だ。避けるのは造作もない。

「そんなの、当たるかよ！」

俺は、氷の魔法式を避けながら相手への間合いを一気に詰め、相手に向かって拳を振りかざす。

「はぁっ！」

原始的ではあるが、これが一番有効だ。というか、今のところこれしかない。

相手は俺の攻撃を大きく回避して距離を開ける。

この行動には、二つの意味がある。

一つ目は、遠距離攻撃のない相手からの回避行動。そして魔法使いならば、この行動にもう一つの意味を併せ持つ。

大技の魔法式を編むための間が作れる。

「……一気に終らせてやるよ！」

その言葉と共に、相手が複雑な構成式を編み始め、刹那、目の前に、先ほどの数倍の大きさの魔法式が展開される。

だがそれすらも予想通り——相手の魔法式、その展開のタイミングに合わせ、魔法補具《マギスト》を放つ。

複数の魔法補具《マギスト》が相手の足元で小さな爆発を起こし、相手の動きを制限する。

「って、いつもいつも……そんな手には、ひっからないからな！」

相手はその存在に気付き、的確にかわしていく。

こういった模擬戦も何度か行われているため、俺の戦術ネタも割れている。

「魔法構成の邪魔をしようとしたって、そうはいかない！」

相手は、魔法式の構成を霧散させないように最低限の集中を保ちながら、俺の攻撃をかわし切る。

だが、俺にとってもその行動は想定内――。

攻撃と防御の魔法式、それを同時に展開することはできないこの状況はチャンスだ。

魔法使いは展開中の魔法式を霧散させることを極端に嫌う。その行動には、魔法式が暴走してしまう可能性もあるからだ。

そのため攻撃の魔法式を展開している途中で、舵を切り返すと言う行動はかなり難易度が高い。

「これで、終わりだっ！」

相手の魔法の構成が完了し、俺へと目掛けてそれを展開しようとする。

「ふん、さっきの爆発はあれで終わりじゃないぜ……！」

魔法を妨害するためには、何も巨大な力は必要ない。

魔法を扱うのは、人間。

だから、そこに必要なのは大規模な魔法式でも、強力な武器による攻撃でもない。

相手の集中力を削ぐ！　それだけでいいんだ！

――ボン！　ボン！

相手の足元で巻き起こる爆発。

「な、何だ⁉」

一瞬、魔法式の展開が遅れる。

それこそが、攻撃の狙いだ。

先ほどの魔法補具《マギスト》には、即発型と遅延型の二種類があった。

遅延型がタイミングよく爆発した。

「い、いでっ！」

その爆発に巻き込まれて、相手が体勢を崩した。

「残念だったな。読み合いは、俺の勝ちだ！」

俺はその隙をつき、相手の顔面めがけて渾身の一撃を放った！

「う、うわぁっ！」

魔法は発現すれば、最強の効力を生み出す。

だが、発現さえ許さなければ、それは何の意味もない。

魔法使いは魔法という力を持つが故に、それに依存しすぎている。

だから、魔法をきちんと理解し、正しい対処を行えば――決して魔法が使えなくたって、結果は自ずとついてくる。

「勝者、一条翔太！」

◇

実技を終えて部屋から出ると、若葉からねぎらいの声をかけられる。

「……お疲れさま」

「ありがとう」

「……完璧だった」

「まぁ、お前と違って、俺にはできることが限られているからな」

相手のスタイルに合わせつつ、隙を突く戦い方。

今では魔法補具《マギスト》の種類が充実しているので攻撃パターンは豊富だし、実際のところ、この戦い方で俺は負けたことがない。

圧倒的な魔法の素養を見せる妹とは真逆の、あまりにも実戦重視の戦法。

これではいけないということは、自分が一番分かっている。

「まったく、見事な戦いぶりだな」

背後から、別の声が聞こえる。

「またお前か……」

その声に振り返ると、神条達也の姿。

同時に四箇所で模擬戦が行われている中、わざわざ俺の戦いを見に来るなんて、ずいぶんと物好きな奴だ。

「別に、嫌なら見てくれなくてもいいんだが」

「そう言うなよ。俺は純粋に賞賛してるんだ」

明らかに、そうは言ってない目——こちらを見下す、蔑《さげす》んだ視線。

「先ほどの実技で俺は勝った。それ以外、ほかになにかあるのか?」

「あれで、勝ったっていうならな」

「……何が言いたいんだ?」

「なあ、あの騙しみたいな手法、俺にも教えてくれよ」

「……兄さんの凄さが分かってない」

「若葉、気にするな」

言いたいやつには言わせておけばいい。ここで言い争いをしても、結局は何も変わらない。せいぜい気持ちがすっきりするくらいだ。

「ホント、お前みたいな魔法も使えない《落ちこぼれ》がこの学園に通えるんだから、親の七光りってのは羨ましいよ」

「兄さん！」

「若葉、気にするな」

「……でも！」

「つまらない挑発に乗らなくていい」

午前の授業の時のことを思い出す。

親父の件でつい挑発に乗ってしまったが、こいつは単に俺を馬鹿にしたいだけなんだ。

「それに……別に間違ったことを言ってないしな」

なら、認めてやればいい。

相手のいうことに反論するから揉めるだけで、議論にならなければ向こうから勝手に飽きていくものだ。

「おいおい、認めるのかよ。１／７の魔法使いの息子が聞いて呆れるぜ。なあ、聞いたか、みんな」

周りがざわついてくる。気付くと、回りを囲むように多くの人だかりができていた。

「だからって、別にお前の価値が上がるとかはないだろ？」

「そうだな。けど、１／７の魔法使いの息子に勝ったとなれば、肩書きとしては結構おいしいかもな……」

「なら、そう言ってもらっていいぞ」

「それじゃ困る。ちゃんと証人がいないとな」

「そんなの、俺の知ったことじゃない」

「なら……今、知ってもらおうか!」

そういうと、達也が俺へと右手を突き出す。

「翔太……俺は、今ここでお前に決闘を申し込む!」

そう、高らかに宣言した。

「な……何なの？　あそこ」

「分からないけど……何か事件か？」

その声に、周りのあちこちで観客が沸き立つ。

さらに、その声に集まって、人が押し寄せてくる。

確かに、学園で私闘は禁止されている。

だが、両者合意の上、さらにその事実を証明するものがいれば、話は別だ。

達也の言う通り、《決闘》という形で行うのであれば……。

「まさか、これだけ大勢の前で――」

「俺の負けでいいよ」

だが、俺はその言葉が終わる前に、短くそう告げる。

「……なっ！」

「どうしたんだ？　お前の勝ちなんだから、もっと喜んだらどうだ？」

「お……お前に自尊心《プライド》ってものはないのか!?」

「特に、ないよ」

その言葉に、周りに集まっていた観客が興味を失ったように散る。

「話が終わったなら、これで失礼するぞ」

周りからは、不満そうな声が上がっている。

だが、そんなことは俺には関係ない。

こんな戦いに何の意味もないのだから、やるだけ無駄だ。

「……見損なったぞ、翔太！」

俺は達也の叫びを無視して、その場を後にした。

「……納得、できない」

廊下を歩きながら、何度目か分からない若葉のつぶやき。

「もういいだろ。そして、さりげなくつねるな！　不満なのは分かったからさ！」

「……分かっているなら、行動に起こして！」

「せやでー。ぎったんぎったんにしてやらんと、ワイの気も治まらないで！」

「なんだ、お前いたのか？」

「がーん！　ワイは、いつも若葉の左手におるで！　あんちゃんとも、左手のお友達や！」

「その表現は、すごく誤解を招きそうだからやめてくれ」

「……どういうことです？」

「分からないなら、それでいい。俺の妹に余計なことを教えるなよ？」

俺は、ヒライを強くデコピンする。

「……って、痛いでんがな！　堪忍、堪忍やで！」

「……？」

若葉は、何の話かと首をかしげている。

純真な妹を守るためにも、ヒライとは、後でじっくりと話し合う必要がありそうだ。

「冗談はおいといーて、なんで、何もしなかったんや！」

「別に、あそこで戦っても何の意味もないだろ？」

「あれだけ言われたら、ワイの猛虎魂がだまってないで！」

「なら、おまえが代わりに戦ってくれ」

「なるほど……ってできるかーい！　ワイができるのは野次るだけや！」

「おい、せめて応援してくれよ」

「そう……。兄さんがバカにされるのは嫌！」

服のすそをつまみながら、若葉がそう言う。

その手は、ぎゅっと力強く握られていた。

「……私、あの人嫌い」

「そうか？　いいんじゃないか……。成り上がるために、なんでも利用するのは間違いじゃない」

「そういう、達観した兄さんの言い方も嫌い」

「じゃあ、どうすればいいんだよ」

「ぼっこぼっこにして！」

「あのなぁ……お前なら分かっていると思ったんだが……」

あの時、周りには多くの人だかりがいた。

あんな状況では身動きもとりづらいし、周りの声が邪魔をして、牽制《けんせい》やフェイントの効果も薄くなる。

さらに、相手は逆上している状況で、どんな行動を取るかも分からない。

それでは、冷静に戦いを組み立てることはできない。

総合的に考えてみると、俺が勝てる可能性は極めて低かっただろう。

「別に、俺は強いわけじゃない」

そう、俺は理論でかろうじて勝ちを拾っているだけだ。

意図的に作り上げた、限定的な状況においての勝利。

仮に勝ったとしても、学園内以外ではまったく役に立たない結果だ。

それこそ、あいつの言うとおり1/7の魔法使いにふさわしくないというのは間違いじゃない。

世界を救った親父——魔法力が弱かっただけという事情とはまったく違う……俺は、魔法が使えない、本当の《落ちこぼれ》なのだから。

「……でも、兄さんには……」

俺は、若葉が言いかけるのを、口元に指を差し出して静止する。

「それこそ、あそこで見せてやる必要ない……だろ?」

「……そう、ですね」

必要なときに、必要なものを披露すればいい。

「翔太くん?」

訓練を終え、教室へと戻ろうとして、誰かに呼び止められた。

「もう……探してたんだからね」

その手には、顔が隠れるほどの本が積み上げられていた。

「その声……志乃か……？」

一瞬誰かと思ったが、その声を聞いて、志乃だと分かった。

「当り前だよ。誰だと思ったの？」

と言われても、俺の目の前にあるのは本の山だ。

この光景を見て……志乃だと分かったとしたら、相当な志乃マスターだろう。

「うーむ……」

この光景だけで、志乃だと判断する方法を俺は考える。

もう少しヒント……ヒントがあれば分かるのだろうが。そう思い……俺は少しずつ下へと屈んでいく。

そうして、俺の目の前には……スカートが広がってくる。

「もう少し、下がれば……」

もう少し、下がれば……。

「翔太くん、それ以上……下がったら蹴るよ？」

「はい……分かりました」

どうやら……向こうからは俺のことが見えているようだ。

「というか、一体それでどんな判別をしようっていうのよ」

「そりゃ……志乃の下……」


——ドスッ！


「だから、蹴るって言ったでしょ」

「蹴った後に言うなよ……」

俺は結局……膝蹴りを受けることになった。

「で……どうしたんだ、志乃？」

「どうしたって。翔太くんこそ……どこに行こうとしてたの？」

「いや、授業が終わったから帰ろうと思ったんだが……？」

「帰る……？　どこに？」

「いや、家だけど？」

「家って……何か、忘れてない？」

「何か……？」

俺は、志乃に言われて、ふと考えてみる。

午後の訓練も終わり、後は帰宅するだけのはずだが……。

それに、特に課外授業等もないはずだし……思い当たる節がない。

「というか重そうだな……」

そんな量の本をずっと持っていたら、さすがに堪《こた》えるだろう。

「というか、何を持ってるんだ？」

言いながら……本が小刻みに震えているのに気が付く。

何か、気に障ることでも言ったのだろうか？

「あんたの補習課題を持っているのよ！」

志乃は怒りで持っていた本をぶちまけた。

「さっさと……片付けるわよ！」

「はい……申し訳ありません」

その後は、重い本の山を一人で運び、志乃と二人で図書館へと移動した。

学園内にある図書館は、天井までうず高く積みあがった本が所狭しと置かれていた。

本自体は、浮遊魔法を用いて取ることができるので、理論上は天井まで好きに本を置いても何も問題ない、ないのだが……それを実際にやられると、さすがに壮観な眺めだ。

俺も最初に来た時にはその光景に驚いたが……結局、俺にとっては上の方に置かれた本は無用の長物だ。

「さあ……さっさと片付けちゃうよ」

目の前には……いくつもの本が置かれていた。

課題を解くための資料を集めていると、さらに本が必要になり、その本に書かれていることを補足するために……と集めていたら、自然と本が増えていく。

「こんなに……本がいるのか？」

「うん、なかなか大変な課題を与えられたみたい」

「マジで!? もっと簡単なのがよかったんだけど」

「もう、そんなこと言わないで……」

「もしかして、期待されているのかな」

「違うよ！ 翔太くんのしたことが、それだけ大きかったってことだよ！」

「……そうなのか？」

「もう……本当にどこまでも前向きなんだから」

「そんな、褒めるなよ」

「はぁっ……なら、もうそれでいいよ」

気付くと、志乃が肩をがっくりと落としていた。

「……と、冗談は置いておいて……」

志乃から渡された紙、そこには課題の内容が書かれていた。

魔女神判——二十年前、世界構造を大きく変えた、七人の魔法使いたちの戦いからの歴史。

つまりは、それをまとめろということなのだろう。

「まったく分からない……」

「もう……仕方ないんだから」

そういって、志乃が一冊の本を差し出してくる……それには、その内容が簡潔にまとめられていた。

魔女神判——新魔法暦三十八年、世界に訪れた未曾有の危機。

《魔女》の復活という最悪の事態を未然に防いだ、当時学生だった七人の少年少女たち。

『1／7の魔法使い』と、後に呼ばれることになった存在。

彼らが世界を救う根源となった『七つの冀望《セブテン・サルワート》』。

だが、その歴史は同時に新たな災厄を生み出す始まりとなった。

魔法式の多段化による新魔法式は、かつての魔法使いが扱った魔法式の数倍の威力と精度を誇り、今まで不可能とされてきたあらゆることを実現させる可能性を秘めていた。

魔法理論は飛躍的に進歩を遂げてしまったのだ……今までの魔法使いたちの存在価値が見直されるほどに。

そしてそれが……のちに世界に大きな綻《ほころ》びを生み出すこととなった。

結果、歴史は「新人」という新しい区分の人種を生み出す結果となり、彼らは不可能と言われていた技術の一つ「浮遊理論」を完成させ、人間とは別の道を歩むこととなった。

現在、世界には俺たちが住む「イェグディウール島」を含め、七つの浮遊島が存在する。

空に浮かぶ島には大きさの限界もあり、社会構造に必要な役割を七つに分け、それぞれの島にその役割を持たせたということだ。

だがその裏には……。


「……って、何をまじめに読んでるの？」

「別に、そんなことはないけど」

志乃に渡された本を読みながら、ふと考える。

「これって、この一冊をまとめればいいんじゃないのか？」

「あれ、気付いちゃった？」

おほほほー、と無理のあるお嬢様笑いをしながら、志乃がこちらを向く。

俺としては、課題を解決できるのであればありがたい話なのだが、どこか引っかかるところがあった。

「ということは、さっき俺が運んだ本って……」

先ほど、志乃から渡された課題の内容は、ペラ紙一枚だった。そして、課題解決の本は、図書館で別に持ってきたもの。

つまり……それらの事実をつなぎ合わせると。

「そういう細かいことは気にしないほうがいいよ！」

「お前……俺に荷物持ちをさせたのか⁉」

「そ……、そんなことないよ」

「絶対に嘘だろ⁉」

「う、嘘じゃないよ……」

志乃は、嘘をつくときに目線をそらしながら、髪を触る癖がある。

言いながら、すべてをごまかすような満面の笑みを送ってくる。

「ちゃんと補習の課題も、持ってたから……♪」

◇

放課後、心地よい横風を受けながら、帰路に着いた。

このイェグディウールは風の島だ。

この風を生み出しているのは、島の下側に存在する風のオーブ。

そこから発生する風が島中を流れ、至る所に風車が点在している。

浮遊を支える鍵でもある風のオーブから発せられる風は暖かく、島全体には春のような心地よい風が、一年中絶えることがない。

島全体は一年中温暖な気候のため、さまざまな花が咲き乱れる。

穏やかで住み心地のいい島だ。

「もう……そんな事件が起きていたなら、私も呼んでくれればよかったのに！」

話題になっていたのは、今日の実技訓練のこと。

黙っていようと思ったが、補習を終えて教室に戻った時には、学園内でもかなり話題になっていたため、さすがに隠し切れなかった。

「……お前の場合、しゃれにならない展開になりそうだからやめとくよ」

「そんなことないわよ。ちょっと、お灸をすえてあげるだけだから」

お灸ならいい。お香を使うことにならなければ……。

「まぁ、戦わなくて済んだんだから、いいだろ？」

「そりゃ、そうだけど……言われて悔しくないの？」

「まぁ……慣れてるから」

「でも……若葉ちゃんを見るとそんな雰囲気じゃなかったらしいけど？」

だが、実技の授業を終えた後は、異様な空気だった。

明らかに不機嫌そうな達也と若葉。

二人の間に何かあったのではないか、と思うほどの険悪な空気に包まれていた。

「大したことじゃないって」

「そうかなぁ……だから、若葉ちゃんも、先に帰っちゃたんじゃないの？」

確かに、若葉は授業が終わると何も言わずに出て行ってしまった。

「まぁ、それは帰れば分かるよ」

「……どういうこと？」

「俺の予想が正しければ……な」

「って、それは置いといて達也のあれは、さすがに度が過ぎてるよね。それも一度だけじゃないでしょ？」

「心配してくれるのはうれしいけど、気にしなくていいよ」

「もう、そんなこと言わないで、ぶちのめしてやればいいのに」

志乃が、ぷーっとほっぺたを膨らませ、不満そうな表情を見せる。

何でも力で解決すればいいってわけではない気がするが。

「というか、翔太くんは、もっと自分をアピールしていいと思うけどな」

「と、いってもな……」

魔法使いであって魔法使いでない。それが今の俺の現状。

特別な才能を持たない俺は、結果でしかその存在価値を証明できない。

でも、学園で漠然と過ごしていても、そんなチャンスは来ないのだから……。

「ま、なるようにしかならないだろ」

「もう……。まぁ、翔太くんらしいけどね」

話しながら帰っていると、いつの間にか家の前に着いた。

志乃とは普段はここでお別れだが、今日はちょっと事情が違う。

「大丈夫……か?」

とりあえず家の中からは、何も聞こえてこない。

だが、俺の予想が正しいとすれば、その対応には数が多い方がいい。

「今日は寄ってくか？　というか寄っていってくれ」

「家に……翔太くんから誘うなんて珍しいね」

俺の声に、志乃が不思議そうに聞きかえしてくる。

「まぁいいだろ？　それとも、何か予定でもあるのか？」

「別に……それはないけど。急にどうしたの？」

「たぶん、家がすごいことになっていると思うから……」

そう言って、俺は家の戸を開けた。

「ただいま」

家に帰ると、すでに若葉の姿があった。

「……遅いです」

「お前が早いだけだろ？」

「そんなこと、ないです」

若葉は、料理の最中だった。

慣れた包丁さばきで次々と料理を完成させていく。これだけ見れば、何でもできる優秀な妹を持って誇らしい……ということになるのだろう。

しかし、こういう時はその量が異常だ。

台所いっぱいに広がるたくさんの具材と、数々の完成した料理。

テーブルの上はすでに大量の料理で埋め尽くされており、新しい料理を置くスペースが見当たらない。

「……な、大変だろ?」

「うん……そういうことだったんだ……」

若葉はストレスがたまると料理で発散することが多い。

何度か似たような状況になったことがある。

それでも、ここまでの量は初めてだ。

「若葉ちゃん……私も手伝おうか?」

「志乃さんは来なくていいです。飯がまずくなります」

「うぐっ!? そういうのは心で思っても口に出しちゃダメだよ」

「……でも、事実ですから」

すると、階段を下りる音が聞こえてくる。

「あ、もう出来たのね」

どうやら、寝起きの母さんが匂いにつられて降りてきたようだ。

「今日はずいぶんと遅い目覚めだな」

「そう言わないでよ。これでも大変なんだからね」

「はいはい。分かっているよ」

島の報道局に勤める母さんは、アナウンサーをしている。

朝と夜のニュース番組を担当しており、日々忙しそうだ。

「って、翔太! 今回は一体何をしたの!?」

「何だよ、いきなり」

「だって、若葉がこんなに料理を作っているし……また何かあったんでしょう?」

「何もないって」

「母さん怒らないから、言ってみなさい」

「いつもそう言って、聞いたら怒るじゃないか!」

「そりゃそうよ! 翔太が悪いことをしてるんだから」

「それを言われたら、なおさら言うわけないだろ!」

「そこは平気よ、言わなくても怒るから」

「……どっちにしろ怒られるんじゃないか?」

「で、何があったのよ」

「何もないって、少しは息子を信用してくれよ」

だが、母さんは疑いの目でこっちを見てくる。

「あの……今回は、本当に翔太くんは何も悪くないんです」

「志乃ちゃん。本当に、そうなの？」

「はい。逆に、翔太くんが変なヤツに絡まれちゃって……」

その言葉に、母さんが穏やかな表情へと変わり、俺の方を向き直す。

そして、俺の両肩をつかんだ。

「翔太、母さん信じてたわよ。あんたは何もしてないって！」

「嘘つけっ！」

俺は、やってられないといった態度で、食卓の席に着く。

「さあ、ご飯にしよう。志乃も、そんなところに立ってないで食べるぞ」

「ああ……そうだね」

「……母さんもご一緒していいかしら？」

「好きにすれば……」

俺はからかわれた仕返しに、わざと母さんに冷い態度をとる。

「もう……私が悪かったわよー。翔太、機嫌を直してー」

すると耐え切れず、母さんが俺に頬ずりをしてくる。

昔からスキンシップが激しかったが、もういい年なんだからそういうのはやめてほしい。

「分かったって。じゃあ、みんなで食べよう！」

「わーい。よかった！」

目の前の料理に箸を伸ばすと、量こそものすごいが味は悪くない。これだけたくさんの料理を楽しめると思えば、若葉が不機嫌になるというのも決してマイナスだけではないと思える。

「もう、翔太くん、お母さんにそういうことを言っちゃだめだよ」

「いいんだよ、放っておけば」

どうせ一晩過ぎればころっと忘れられる性格だ。気にしてもしょうがない。

「志乃ちゃんは優しいのねー」

「いえいえ、私がお邪魔してる立場なんですし」

「こらっ、志乃ちゃん、そういうこと言わないの！　志乃ちゃんも大事な私の娘なんだから、気なんか使わなくてもいいのよ」

「ありがとう、ございます」

「いつでもうちの子になってくれていいのよ。一人だと、いろいろ大変でしょう？」

「はい！　でも、あの家にも思い入れがあるので……」

志乃は、小さい頃に両親を亡くしている。

親戚に引き取られる話も上がったらしいが、残りたいという志乃の意志を尊重し、今は一人で暮らしている。

さすがに一人では難しいだろうという意見が強かったが、昔から家族ぐるみでの付き合いがあった母さんが、志乃の面倒を見ることで解決した。

「分かった。でも……いつでも来てくれていいんだからね」

「はい！」

「まあ慌てなくても、そのうち嫁いで来ることになるから平気よね」

「な、何を言ってるんですか!?」

母さんの突然の発言に、志乃が飲んでいた水を噴き出した。

「志乃ちゃん……翔太のこと、よろしく頼むわよ」

「だから、そういうのはいいから！」

母さんはどうやら志乃がお気に入りのようで、何かと俺との仲を持とうとするのだが、いい迷惑だ。

「でも、こういういい子は、逃しちゃうと後で後悔するわよ」

「もう……お母さんったら！」

志乃、照れているのか知らないが俺の背中を叩くな。痛いっての！

「お話中、すみませんが……」

すると、目の前にドスンと勢いよく皿が置かれる。

視線を送ると……何を入れたのだろうかと聞き返してしまいたくなるほど、灼熱の色に彩られた麻婆豆腐が置かれていた。

「……冷めちゃいますので、さっさと食べてください」

その後……何故かさらに倍増した料理が、これでもかというほど食卓を占領するのだった。

さすがにあれだけの量を三人で消化することはできず……そのほとんどを残す形となって、夕ご飯が終了する。

若葉は、ひとしきり料理を作って満足したようで、今はご機嫌な様子でお風呂に入っている。

俺は、ひとりで食器の片づけを行う。

基本的には、若葉が食事担当。片付けは俺が担当する。

何度か厨房に立とうしたこともあるのだが、若葉に断られてしまった。

「悪いわね……任せちゃって」

母さんは夜の報道番組に備え、慌しくその準備をしている。

「気にするなって。母さんこそ、あまりトチらないようにな」

「ひどい……結構気にしてるのに……」

母さんの担当する番組では、原稿の読み間違いが話題になっている。

普通なら怒られそうなものだが、笑える言動が多いからか、今ではそれも名物になっているから不思議なものだ。

「あ、そうだ……」

家を出た直前、母さんが何か忘れ物をしたのか、すぐに戻って来た。

「翔太。あなたはあなたなんだから、周りを気にせずにやれることをやりなさい」

「……え？」

「じゃ、改めて行ってきます！」

言い残して、母さんが再び出ていく。

普通に振舞っているつもりだったが、何か気付かせてしまったのか……。

何も言わなくても俺の言って欲しいことが分かっている——やっぱり、母さんには頭が上がらない。

「母さん。ありがとう」

その後、部屋に戻り、今日のことを思い出す。

魔法を使えなくたって、何も不自由することはない。
今は使えなくても、明日は……。
悲観するのではなく、まずは今できることを着実に！
だが、そんな心の裏で湧き立つまったく逆の思い。

――俺だって、世界を救うような、そんな大きなことを成し遂げたい――

相反する二つの考え――。
そのどちらが俺の本心なのか、いまの自分にはその答えが出せるはずもなかった。

【第二章】魔女はまだ生きている!?

次の日、教室に着くと、またまた教室がざわめき立っていた。

「どうしたんだ？」

「……ご愁傷様。骨は拾ってやるから安心しろ」

橋本輝男が、視線を俺の机へと向ける。

机の上に置かれた赤紙、職員室への呼び出しの証。

破ったものは、即退学のオマケつき。

「うげっ……」

机の上の惨状に、俺はうめき声に近い声を上げてしまう。

「昨日の事件、ずいぶんと大事《おおごと》になったみたいだな」

考えられるのは昨日の出来事しかない……はず……。

職員室に呼び出されるということは……。

やはり退学か？

「兄さん、顔が真っ青⁉」

「さすがに、な……」

「兄さん、なでなで」

若葉が頭をなでてくれる。

一瞬心が癒されるが、これは兄と妹の立場が逆転してしまう危機だ、と思い直す。

「私も行くよ。一緒に謝れば、少しは刑が軽くなるかもしれないし……」

志乃が、自分から職員室へ一緒に行くと言ってくれた。

「私も行く」

若葉も一緒に来てくれるらしい。

「……ありがとう」

なんだか、半分複雑な気持ちを抱きながら、移動を開始する。

◇

職員室に着くと、教師の横に黒装束の男の姿——明らかに、場違いな様子だ。

「すみません！　命だけは勘弁してください！」

「何を言っとるんだ。確かにお前は憎たらしいが、別に命を奪おうなどとは思わん」

……擁護してくれるなら、できれば憎たらしいのも黙っておいて欲しかった。

「あれ、あの赤紙は……？」

「ああ、あのくらいしないと、お前は絶対職員室に来ないと思ってな……」

「……確かに否定はしないですけど」

とりあえず、即退学ではないことにほっと一息つく。

が、さらに疑問が生まれる。

一体この黒装束の男はなぜここにいるのだろうか、と。

「お前、一体何をしたんだ?」

俺の意を察したのか、教師に首根っこをつかまれ、耳元でそう囁やかれる。

「知らないですよ。てか、あんな怖い人、追い返してくださいよ」

教師が、一枚の紙を目の前に差し出す。

「無理だ。相手は国からの正式な依頼で来ている。従うしかない」

「俺を……売る気ですか」

「国が決めたことだ。仕方ないだろ」

教師の一言にがっくりとうなだれる。やはり、自由なんてなかった。

「話は終わったか?」

こちらの会話の終わりを待っていたのだろうか。黒装束の男が声をかけてきた。

低く抑揚のない声が、衣装と相まって恐怖心を煽《あお》られる。

「ああ……で、これからどうすればいいんだ?」

「黙ってついて来れば分かる……」

黒装束の男が、こちらを確認することなく移動を開始した。

「すみません！　私たちも行っていいですか？」

「特に人数は言われていない」

「……分かりました」

志乃は不満そうな表情をしながら、俺の後ろを着いて来た。

さらに、その後ろに若葉が続く。

「この先で起きることは他言してはいけない！」

校内を歩きながら、黒装束の男に忠告される。

一体どこに連れて行かれるのだろうか。

学園を出ると、すでに停めてある乗り物に乗せられる。

窓は完全に閉め切られており、今どこを走っているのか、まったく分からない。

「だ、大丈夫なの……かな？」

「分からない……」

俺はため息をつきながら頭を抱える。俺が一体何をしたというのだろう。

ずいぶんと長い時間、揺られている気がする。

「降りるんだ」

どうやら目的地に到着したようだ。

開いた扉から差し込む光に、おもわず目を細める。一体どこに連れて来られたのか。

だが、来た以上、覚悟を決めるしかない。

「行くか……」

二人を不安にさせないよう、精一杯声を張って告げた。

◇

そこには建物全体を覆うように七つの大きな柱が立っていた。

入るときに感じたのは、その徹底した警備体制のすごさ。

建物を守る防御結界の魔法式が埋め込まれているのだろうが、島の主要部でも一本置いてあればいいほうで、複数での設置なんていうのは聞いたことがない。

それが七本……。

それだけでこの先にある施設が重要なものだと想像できる。

同時にその異常さにも気付かされる。

何が攻めてくるのを想定して、ここまで厳重な準備を行っているのか……。

嫌な予感がする。

心の奥底に、薄く敷き詰められたような畏怖《いふ》の感情が湧いてくる。

「……兄さん」

服の袖に、何か引っ張られるような感覚を抱く。

若葉が俺の服をつかんでいるようだった。

志乃も体を震わせながら、こちらに不安そうな視線を送っている。

ここは、俺がしっかりしないといけない。

「二人とも、大丈夫だから」

「うん……」

無言で案内されるがまま、建物の内部へと通される。

建物の至る所には、曲線の美しい装飾が散りばめられている。

浮遊島の象徴である「風」をイメージしたであろう軽やかな見た目の意匠も、人っ子一人いない光景との乖離《かいり》で、逆にその特異性を際立たせているように感じられた。

長く続いた道を一本横に入ると、一転して細い道となった。

左右にはいくつかの部屋が見て取れた。

「あまり、周囲を観察しないように！」

俺の興味を一喝される。

とりあえず、悟られない程度に周りを見ながら歩を進めた。

「こっちだ」

神官が、こちらの入室を待つようにして扉の前に立っていた。

どうやら、目的の場所は近いようだ。

「中へ入るんだ」

中には一体何が待っているのか……。

「行こう……」

恐怖心を抑えながら、後ろの二人に告げる。

中に入ると広々とした部屋だった。

美しい意匠に包まれた祭壇の前に、誰か人影が見える。

「……来たか」

そこにいたのは、一人の老人。

「下がりなさい」

その言葉に、道案内の黒装束の男が早々に退出する。

「もう少し近くへ来なさい」

「俺に何かを期待して呼んだのなら、見当違いだから諦めたほうがいいですよ」

ほかにも聞きたいことはあるが、何を聞いても本筋にはたどり着けない。

そう悟り、事の争点を早々と探ることにした。

「ほほっ。頭の回転は悪くなさそうじゃの。根は腐っておらんようで安心したわい」

「で、用件はなんですか？」

「お主が、勇治のせがれか。確かに、どこか面影を感じるわい」

「……俺は、用件を聞いているんですが……」

「父親のことは、嫌いか？」

「そんなことは、どうでもいいじゃないですか！」

「ほっほっほ……だが、目は、そうは言っておらんぞ」

「俺は、一条翔太です。親父は関係ありません」

「……一条勇治の息子の翔太。一条翔太。ワシにはその違いが分からんのだが？」

「それよりも、早く本題に入ってくれませんか？」

「……つれないのう。今のも、別に話が逸れていたわけではないのだが」

　すると、老人が杖で地面を一叩きする。

「では、望みどおり、本筋に入らせもらうぞ！」

　老人の杖から、祭壇の奥、女神の紋様が刻まれた像に向かって一筋の光が伸び、やがて、その像を中心に——神殿が静かに震え出す。

「……何が起きるの!?」

　しばらくすると、女神の瞳から光が発せられる。

　その光は俺達の頭の遥か上を通り過ぎる。

　光の先に視線を送ると、祭壇の奥に何かの映像が映し出されていた。

「これはのう、神の目と呼ばれる……かつての映像を映し出すもの」

　光の先に映し出された映像に、意識を集中させた。

　そこに写されていたのは七人の少年少女の姿。

　そのうちの一人に俺は見覚えがあった。

「親父……!?」

「兄さん……あれがお父さん……なの？」

　映像の奥の方に見えるのは……俺が小さい頃に母さんに写真で見せてもらった、親父の姿にほかならない。

「ということは、これは魔女神判の映像なのか？」

「そう思うのが普通じゃろうな――だが、違う」

老人は短く、はっきりと、断言した。

「この映像は、新魔法暦四十五年――魔女神判から七年後のもの」

「七年後……」

俺が生まれたのも、新魔法暦四十五年。そして、親父が家を出ていったのも……。

「これは、本物なのですか？」

「公になってはおらんから知らんのは当然――だが、事実だ」

どういうことなんだ。突然のことに思考が追いつかず、まったく理解できない。

映像では、親父たちと《何か》が戦っている様子が流れていた。

映像が乱れており、敵の姿を特定することはできないが、平和が戻ったという歴史とあまりに乖離《かいり》する映像に言葉を失う。

「これはどういうことなんですか？」

「……魔女は、復活しておる」

「嘘……でしょ……」

その発言に、志乃が呆然とした様子で腰を落とす。

俺も目を覆いたくなる事実に、こめかみに手を置き冷静な判断ができないでいる。

そして、そこで映像は終わりを告げる。

「この先は……どうなっているんですか⁉」

「そこから先は……ワシにも分からん」

「ほかの映像は見れないのですか⁉」

「これは神託の内容を補うためについてくるいわば副産物。こちらでどうこうできるものではない。なぜこの映像が写されているのか、それすらも推測の域を出ない。だが、これはあくまでは前座じゃ」

「……というと」

「これが、本題のものじゃ」

老人が映像の先に杖を向ける。

すると、映像が変化し、何かの石碑のようなものが映し出される。

そしてしばらくすると、その石碑に何かの文字が浮かび上がってきた。

冀望《きぼう》を導きし力　その光に招かれ　この世に再び闇が生まれしとき
神と人　その狭間の力の導きにて　七つの魂生まれいづる

その冀望　身を捧げて紡ぎし二つの光　天上に鴻大《こうだい》なる式を描き
再び世界に光を取り戻さんとす

老人は言う。

『冀望を導きし力　その光に招かれ　この世に再び闇が生まれしとき』

これは、世界に闇、何か悪いことが起きる予兆があるという解釈が妥当だと。

この世界に、何かが起きているかというのは——先ほどの映像を加味して考えれば、自然とある答えに行き着く。

恐る恐る老人に視線を送ると、静かに首を縦に振る。


——魔女は、復活している——


老人は続ける。

『神と人　その狭間の力の導きにて　七つの魂生まれいづる』

これは、神と人、その狭間の力の導き——これはおそらく、人間と袂《たもと》を分けた「新人」のことを指すと。

そして七つの魂――おそらくこれは、一条翔太と同じく《1／7の魔法使い》の血を引くものが該当するのではないかと。

その後の文章については推察の域を出ないが、二つの光とはおそらく『七つの冀望《セブンス・サルワート》』に類するものを指すのだと。

「つまり、それこそが、俺がここに呼ばれた理由……ですか」

「左様。これは、おぬしにしか頼むことができない。一条翔太。世界を救う鍵を探し出し、魔女を討伐してくれ」

刹那、女神像が不規則に揺れた。まるで、その言葉に反応したかのように。

その揺れは大きさを増し、思わず倒れそうになる。

「ど、どうしたんですか⁉」

「分からん……。お主たちが来たことによって、新たな神託が生まれようとしているのやもしれん」

女神の揺れが増す、しばらくして映像に変化が現れる。

その先に映し出されたのは、とんがり帽子をかぶった……。

「……これは何かおかしいぞい」

再び大地が揺れる、最初は地震と思った。

だがここは空の上、そんなことはありえない。しかし揺れは断続的に、かつ不規則に続く。

揺れはどんどん強さを増していき、女神像から映し出されていた映像も、途中で消えてしまった。

「これは、女神像が発するものではない……?」

だとすれば、もう考えられるのは一つ——何者かの襲撃があったということだ。

「ずいぶんと……頑丈な結界を張ってくれたのう。入るのに少し腰が折れたわい」

「別にあなたは何もしてなかったですが……」

「うるさいのう! そこは目上を立てるのが筋じゃぞ」

目の前に何かが急に現れた。

——異質——

最初に抱いたのはそんな感覚。

自分たちとは何もかもが違う。

そんな印象を瞬時に抱き、その後、言いようもない恐怖心が浮かび上がってくる。

視線の先に見えるのは、重厚な鎧を身にまとい、自分たちの二、三倍は身長がありそうな大男、そしてその肩の上に乗っている、大きなとんがり帽子を被った少女。

見た目とかそういうのではなく、もっと根本的な——本能が、この状況が危険だと、訴えかけてきている。

「――天空の風牙《オキシファング》!」

俺たちが何もできずに戸惑っていたその一瞬、背後で仕えていた神官たちが一斉に攻撃を仕掛ける。

自分たちの横を通り過ぎ、侵入者に向かって一直線に伸びる複数の風の刃。

だが、その風の刃は、相手のはるか手前にて霧散してしまう。

相手は表情一つ変えず、まるで何もなかったかのような様子だ。

「なんじゃ、ずいぶんと手荒な歓迎じゃのう。せっかくこっちから来てやったのじゃ。もう少し歓迎してくれてもいいはずなんじゃがのう」

薄ら笑いを浮かべながら、問いかけてくる少女。

「お前は……誰だ」

「ほう……どこかで見覚えのあるような顔じゃのう」

「質問に答えろ」

「おお、威勢がいいのう。そうじゃな、お主らにも分かる表現でいえば《魔女》ということその言葉で、自らの予想が当たったことを理解する。

映像に一瞬写っていたとんがり帽子と、目の前の魔女が被っているは、同じものだった。

つまり、いま俺の目の前にいるのは、親父と共に映像に写っていた魔女だということだ。

「……ここに、何の用だ？」

「何やら……この辺りで変な動きを感じて、面白そうだからやってきてみたのじゃが……どうやら絶妙なタイミングでやって来たようじゃのう」

にやり顔でこちらを吟味するような視線を送ってくる。何か変だ。

もしかして偶然ここに来たのではなく、何かの目的があるのだろうか？

だが、そんな思考をする間さえも与えさせないというように、魔女と名乗る少女の後ろに、黒光りする禍々しいオーラが生み出される。

それを見た瞬間に、志乃と若葉が臨戦態勢に入る。

「それは、戦う意思があると捉えてよいのかのう？」

まずい……。ここで戦いになっても勝てるはずがない。

「……待て、取引をしよう」

「……取引？　じゃと？」

何かの目的をもってここに来る。その理由は考えれば分かる。

「お前の目的は、世界を救う鍵の抹殺なんだろ？ なら、二人は関係ない。二人を助けると約束するなら、俺はここでお前に殺されてやる」

魔女が笑みを浮かべる。やはり、先ほどの事実を知ってここに来ていたのだろう。

「……それで取引が成立するとでも？ なかなか面白い冗談を言うやつじゃ。ワシの手にかかれば、お前らが束になってかかって来ても相手にはならんのじゃぞ」

「強がるなよ。どこから嗅ぎつけてきたか知らないが、殺されるのが怖くてすぐに駆けつけてくるような三流魔女に、負ける謂《いわ》れはない。だが、この状況で二人を守りきるとなると話は別だ。だから、二人を助けるために死んでやると言ってるんだ。どうだ、破格の条件だろ？」

さらに、手で「来いよ」とジェスチャーを送る。

後はのるかそるか……、それは相手のプライド次第だ。

「……こんなやつに、ここまで言わせておいていいのですか!?」

「そうじゃな。少年、そこまでいうなら……その覚悟、見せてみい！」

魔女が、その魔力を開放する。

一瞬にして辺りが漆黒に包まれ、続けて訪れる静寂。

そして次の瞬間、俺の目の前に巨大な黒い塊が生み出される。

同時に、魔女の周囲を包み込むように黒い瘴気《しょうき》のようなものが広がる。

それが一点に集まり、目の前の黒い塊がさらに巨大化していく。

そんな目の前の光景を、俺はただ見ているだけしかできない。

近づこうにも、恐怖で足が動かない。

それどころか……声すらも満足に発することができない。

「……くっ」

やっぱダメだったか……。

ま、どうせどうやったって死ぬんだ、せめて潔く。

そう思い、俺は最後のあがきで微動だにせず、その攻撃を受け入れる。

黒い塊は、俺に向かって、ゆっくりと近づいていた。

地面を削りながら、怒号のような音が徐々に大きくなる。まるで、命のカウントダウンを告げるように。

「……ここまで、か」

俺は、目の前の光景に耐え切れず目を閉じてしまう。

しばらくして聞こえてくる爆発音、志乃や若葉……皆の恐怖に満ちた叫び声。

「って……生きてる?」

「そりゃそうじゃ。当てておらんからのう」

遅れて聞こえてくる爆風と爆音。

その音に自分が生かされたことに気付き、周囲を見回す。

後ろの祭壇が壊れている以外、目立った被害はないようだ……。

「失礼を承知で申し上げますが……少し、お遊びが過ぎませんか?」

その声に、後ろにいた連れの魔人が不満の声を上げる。

だが当の魔女は、その言葉を意に介する様子もなく、驚きの表情を浮かべていた。

「いや……。防げる、防げないは別として……ワシの攻撃を見て、防御の魔法式すら見せないとはのう。よほど度胸が据わっているのか、はたまた頭がおかしいのか。どちらにせよ、なかなかできるものではない。そうは思わんかえ?」

……ただ単純に魔法式が使えないだけだ、とは言わないでおく。

「ですが、あそこまで言われて我慢できません。魔女様がやらないなら……」

控えの魔人はそれでは不満なのだろう。

言葉よりも先に、その大きな体に負けない刀身の剣を生み出し、こちらに明らかな敵意を向けてくる。

「まぁ待つんじゃ。殺すことなどいつでもできるて。それよりも、こやつの言うことにも一理あると思わんか？　こやつはこう言いたいのじゃ。

「こんなところで、捻《ひね》りがいもない《赤ん坊の魔法使い》一人を喜んで殺しているようじゃ、魔女の名折れじゃとな……

「……なるほど」

その言葉に、魔人が剣を納めた。

……もしかしたら、こいつらバカなのか……。

「のう？　そうじゃよな、少年」

魔女がこちらを試すように、いやらしい視線をこちらに向けてくる。言いたい放題に言われるのは癪《しゃく》だが、ここで反論したらすべてが無駄になってしまう。

「ああ。そういうことにしといてくれると助かる」

だが何も言わずにいるのも耐えられないので、魔人には分からないであろう、ぎりぎりの皮肉を入れておくことは忘れない。

「ほっほっほ。聞いておった通り……今度のは生きがよさそうで何より何より。その覚悟に、一ついいことを教えてやろう」

「……いいこと？」

「どうせ、まだたいした情報も得られてないのじゃろう？　どうじゃ？　ワシが真っ先にお主の下へ来た意味が分かるかえ？」

――真っ先に、というと
「もしかして……恋？」

……一瞬の沈黙。

雰囲気を変えようと渾身のネタを披露するが……。

「兄さん……最低です」

「さすがに……今のはないかな」

後ろからは、容赦のない野次が飛んできた。

「……次はないと……思うことじゃな」

魔女のほうに視線を送ると、怒りで震えているようだった。

明らかにスベっている様子だ。

「さあ、考えてみぃ」

魔女の言葉に、今一度、現在の状況を考え直してみる。

まず、魔女がここに来た理由。

それは間違いなく、世界を救う鍵の存在に対する牽制だろう。

だがそう考えれば、真っ先に来るのは別に俺のところでなくてもいいはずだ。

もちろん偶然や、距離が近かったなどの単純な理由も考えられる。

だが――真っ先に来た、魔女はそう発言した。

つまり、その順番に何かの必然性があると考えるのが妥当だ。

そして、わざわざこうやって牽制に来るということは、魔女は少なからずその存在を脅威と思っているに違いない。

「……つまり俺にほかの鍵にはない、そしてお前が恐れる『何か』がある、ということか？」

「ふむ……半分正解といっておこうかのう」

今度は、満足そうな表情でこちらを見てくる。

「なら、なぜ俺を殺さない」

「こちらにも事情というものがあってのう。まだ死なれたら困るのじゃよ……ワシとしてもな」

死なれたら困る……なぜ？　ますます分からなくなった。

魔女は、俺を恐れてやってきたのではないのか？

「……なぜ、そんなことを教えるんだ？」

今の情報は、明らかにこちらに有利なもの。それをあえて伝える理由は何なのか。

「それこそ簡単な話じゃ。今の情報をお主に伝えることが……ワシにとっても利のある話だからじゃ」

魔女は、はっきりと自分にも「利」があると告げた。

「考えよ考えよ。ワシとしても、事情も理解してない相手をむやみに殺すことになっては、面白くないからのう」

さらに思考をめぐらせる。

俺を生かしておいて利があること。自らの滅亡……？

たまに物語のどんでん返しでそんなのがあったりするが、そんなのを望むようには見えないし、ここから先は、いくら考えても分からなかった。

「で……その真意とは？」

「それはじゃな……って、言うわけないじゃろ、ボケが。少年。会話の主導権は、ワシにあるのじゃ」

「……一つくらい答えてくれたっていいだろ？」

「レディを従わせたいなら、まずはそれに見合う力を見せてもらわんとな」

魔女は、こちらに向かって不敵な笑みを浮かべていた。

「とりあえず、今日のところの目的は果たした。それではな……少年」

そう言い残して、魔女がまるで霧になるかのように姿を消した。

「今日の所は退きますが……次に侮辱をするようなことがあれば、死で償ってもらいますから!」

魔人はそういい残し、遅れて同じく霧のようになって消えた。

魔女たちが消えると、張り詰めていた糸が切れる。

「はぁ……死ぬかと思った」

結局、向こうは最初からこっちと戦う気なんてなかったのか……。

そう思うと、とんだ赤っ恥をかいてしまったような気がして恥ずかしくなる。

「死ぬかと思った、じゃないわよ!」

ドスッ。

また志乃の大剣で、頭をどつかれる。

「だから、それはシャレにならないって……」

「……できもしないことを偉そうに言ってるんじゃないわよ」

志乃が俺の胸に顔をうずめてくる。

「本当に死んだら、どうするのよ。学園で喧嘩するのと、わけが違うんだからね」

強く握る手が、俺の服をしっかりとつかむ。小刻みに震える振動が、先ほどまでの出来事が事実であったことを証明している。

「もう……一人で勝手な行動しないでよ?」

「悪かったよ。まぁ……結果オーライってことで」

とりあえず一難は去った。といっても、何も解決はしていないけど。

向こうもすぐに何かをしてくると言うわけではなさそうだが、悠長に構えてもいられない。

「……兄さんの、バカ」

そんなことを考えていると、後ろから別の暖かみを感じる。

若葉が、痛いくらいにきつく抱きついてきた。

「……兄さんがいなくなったら、怒るから」

同時に、多少の痺《しび》れを感じる。こっちは、ヒライのものだろう。

「ホンマやで。かっこつけるのも大概にせーやー‼」

「すまない……」

しばらくそんな状態で深呼吸を何度か繰り返し、生きている実感が戻ってきた、そんな時だった。

——————ズドン——————‼

——小さいが、どこかで何かが落ちたような音がする。

「今、何か聞こえてなかったか？」

それは、瓦礫が落ちる音にも思えた。

その音は一度だけではなく、不規則に何度も聞こえてくる。

「……特には」

「本当に、何も聞こえないか？」

「何も聞こえない……ううん、何か聞こえる」

志乃も、その音に気付いたようだ。神経を研ぎ澄ませ音を聞くと、音は祭壇の方から聞こえてくるようだ。

さらに神経を集中させると、崩れた祭壇の隙間で何かが動くのを確認できた。

「……何か、いる」

「もう……怖いこと言わないでよ」

「……また何かくる？」

俺は抱きつく二人を離し、祭壇の方へと移動した。

そこに何がいるのか……、いい発想はまったく浮かんでこない。

細心の注意を払いながら、ゆっくりと近づいた。

近くまで来て、瓦礫の隙間に視線を送ると……やはり、何かいるようだ。

「……誰だ」

俺は臨戦態勢の状態で、瓦礫の下の何かに声をかけてみる。

「……ふぁあ」

今にも崩れ落ちそうな祭壇の下から聞こえてきた可愛らしい声。

暗くてはっきりと見えないが、少さい女の子の姿を確認できた。

なぜここに……、早く助けないと危ない……。

ところが、そう思った矢先……祭壇が光に包まれる。

「よっと……」

一瞬、少女と目が合った。

少女はこちらに視線を送りにっこりと微笑んだ後、目を閉じて集中する。

途端に目の前に展開される、見たことのない構成式。

これは、魔法の力なのだろうか……。

その光は暖かく、俺たちを包み込むように光を増していき、少女は俺たちが見上げるほどの高さにまで浮かび上がった。

そして、ゆっくりとゆっくりと、地面に向かって落下を開始した。

まるで女神が生まれいづるような幻想的な光景に、息をすることすら忘れてしまっていた。

少女は、ゆっくりと落下を続け、やがて翔太の目の前に降り立った。

目の前で見ると、まずその小ささに驚かされた。

年齢で言うと、七～八歳くらいだろうか……、ふんわりとした金色のウエーブがかかっている可愛らしい髪の毛。瞳をじっと見ていると吸い込まれそうな錯覚を抱くような蒼色《とびいろ》の瞳。

「……ここに、二つの反応がある」

「反応……？」

突然のことで、オウム返しのような反応になってしまった。

あまりにも脈絡の無い会話に思考がついていかない……。

「うん。世界を救う、鍵の反応」

少女は、腰にある球状の物体を持ち上げる。

見ると、水の上に全部で七つに分かれた指針の二つが、上に向かって不自然に浮いている。

「これは……」

「うん？　……水筒だお？」

少女がストローのようなもので水を飲み始める。

滑稽な風景、しかし今までの雰囲気に圧倒され、そこにいる誰もが口を開くことすらできなかった。

「じょーだん。本当は希望の対象を示す、道しるべ」

いたずらっ子のような、してやったりの満面の笑み。

それをみて、ああ、年相応の表情も見せるのかと、なぜかほっとする。

しかし、道しるべとは……？

「道しるべ？　お主……神託のことを何か知っておるのか？」

「じいじは嫌い！」

「じ、じいじ……!?」

少女はそっぽを向いて、老人の問いかけに答えようとしない。

老人は、じいじと言われたことにショックを受けたのか、言葉を失った様子――意外と繊細だったんだな。

「しかし、反応が二つ、とは？」

俺は強引に話を戻す。

ここにいるのは全部で四人……、奥にいる神官たちということも考えられなくはないが、除外してもいいだろう。

すると、司祭を除けば三人……、翔太、志乃、若葉ということになる。

そこから俺を抜くと……。

「私たちのどちらかが……」

「……世界を救う鍵？」

「しょーゆーこと」

水を飲みながら少女がそう口にする。

だがおかしい、先ほどの話では《1／7の魔法使い》の血を引くものに限定されるということだったが、若葉はそれに該当しない。

なぜなら俺と若葉は、血の繋がりがないからだ。

となると、途端に先ほどの理論がおかしくなってくる。1／7の魔法使いの子孫が世界を救う鍵でないなら、一体何がそれに該当するのか？

「頭が痛くなってきたぜ……」

考えても答えの出ないことを考える。

一つならともかく、それが怒涛のように押しかかってきたとき、人は思考を停止したくなる。

魔女の脅威は去ったとはいえ、またいつ似たような状況になるのかは分からない。

島の中で最も安全な場所への侵入を許したのだ。

どこにも逃げる場所などない、ということだ。

「ねえ。あなたは、だあれ？」

少女の問いかけに、根本的な確認をしていないことに気付いた。

「俺か？　……俺は、翔太だ」

「しょーた？　しょーた！　しょーたー‼」

どうやら、名前が気に入ったようだ。

何度も名前を呼んでは、笑顔でこちらに視線を送ってくる。

「そっちの名前は、なんていうんだ？」

「わたし？　うーんとね、えーとね」

口に首を当てて、しばらく考え込むような仕草を見せた後、思いついたように答えた。

「あ、そうだ。ミシェルだお」

あ、そうだって……何だかうさんくさい言い方なのが気になるが。

「……本当か？」

「嘘なんてついてないお」

「……本当に？」

「ひどいお」

すると、ミシェルと名乗る謎の少女が、泣きまねのような素振りを見せる。

しかし改めて考えてみたら、彼女の名前がミシェルなのか……、俺が世界を救う鍵なのか……。どれも曖昧で、確かなことなんて一つもなかった。

「分かった、信じる。よろしくな、ミシェル」

「うん、ありがと、しょーた」

そう言って、ミシェルと握手を交わす。

「……つかれたお」

そういって、俺に抱きついてくる。

声をかけようとするが、そのまま眠ってしまったようだ。

「……兄さん。この子、どうするんです?」

若葉が、怪訝《けげん》な目でこちらを見てくる。

どうすると言われても、このまま置いていくわけにはいかない。

「連れて帰るしか、ないんじゃないのか?」

「……ここに預けるとかは?」

「お主から離れない以上、ワシにはどうしようもできん。申し訳ないが、しばらく面倒を見てやってはくれないかのう」

「マジ……ですか」

本音は、さっき「じいじ嫌い」と言われてショックを受けてるからじゃないのか、と思ったが、司祭のことを尊重して言わないでおく。

「こちらも神託についてもう少し調査を進める。答えはそれからでも遅くはないじゃろう。この先のことについては、それまでに考えておいてくれ」

「……分かりました」

そう言って、少女に視線を送る。

その寝顔は、曇一つない澄みきった笑顔だった。

【第三章】記憶喪失のミシェル

ミシェルを含め、俺たちは四人で帰路に着いた。

起きた出来事を整理したいものだが、事態の大きさに頭が真っ白になり、うまく考えがまとまらない。

俺たちは、来たときと同じ乗り物に乗せられて学園へと戻って来た。

外はすでに夕暮れとなっていた。

授業はすべて終了しており、学園内は閑散としていた。

そんな中、俺たちは教師のところへ行き、本日の報告を行う。

だが、すでに学園には大まかな内容が伝えられていたようだ。

先生からは、対策をスムーズに運ぶための措置であったと説明されたが、裏を返すとそれだけ結論を急いでいるようにも思えた。

また急なことだと笑いながらも、これは魔法使いを目指すものとして二度とない栄誉であると説明された。

すっきりしなかったが、明日からも通常通りの学園生活を続けて問題ないこととなり、今日のところは終了となった。

その中で、一つ気がかりになることがあった。

俺たちの報告以上に、皆、ミシェルの存在に驚いていた。

どうやら、ミシェルのことは伝えられていなかったようだ。

ミシェルの存在は、国の組織からしても完全に想定外であったということだろう。

そこに、俺は一つの疑問を抱いた。

神託にも予言されておらず、誰も存在を知らないミシェルのことを、果たしてどこまで信用していいのだろうか？

だが、「鍵」の存在を告げたという状況から考えれば、謎だらけのお告げよりも信用できる存在とも考えられた。

「うぅっ……」

俺の背中で眠る、ミシェルという謎の少女。

この少女に聞けば、何か有益な情報を得られるのだろうか？

いや、今の状況でそれは無駄だろう。

聞いたところで、それを正確に判断する材料が、俺たちにはないのだ。

結局のところ、旅に出てほかの鍵の存在を探し、そこで情報を得るしか方法はない。

まずは、一歩を踏み出さなければいけない。

世界を救う鍵を握る、ほかの仲間たちを探す旅への一歩を……。

「……この後、どうするつもりなのです？」

帰り道……若葉が疑問たっぷりの表情で聞いてくる。

「……と言われてもな……、ピンと来ないっていうのが実感だよ」

「そうですよね。私も同感です」

「二人のどっちかってのが、またモヤモヤするわよね」

志乃が、若葉に視線を送りながら話す。

「……兄さんはどうするつもりですか？」

「いきなり過ぎて、さすがにすぐには決められないよな……」

確かに男として、挑戦してみたいというのは大きい。

しかし、今の自分の力を客観的に判断すると、果たしてできるのだろうかという疑問を抱いてしまう。

「そうやってすぐ諦めるのは、兄さんの悪い癖です」

「そうだよ。やってみないと分からないじゃない」

二人は交互に俺を責めてきた。

「じゃあ、二人はもう決意が固まったということでいいのか？」

「いきなりは決められない。あくまで気持ちの問題としての話」

若葉にしては珍しくはっきりしない返事だ。

「それでいいなら、もちろん挑戦してみたいさ」

「……兄さんが行くなら、私も行きます」

「も、もちろん私だって！」

「とりあえず、ゆっくり考えよう」

俺たちは……あまりの出来事に頭が混乱していた。

むしろ、いきなり世界を救うために旅に出ろと言われて、ピンとくるほうがおかしいのかもしれないが……。

そうして、街を歩く人を眺めていると不思議な感覚になる。

今日の出来事は、ここにいる皆は知らない。

魔女が復活したなんて聞いたら、それこそ街中が……いや、島中が大騒ぎになるだろう。

だが、それは事実なのだ、逃れることなどできない。

もし、俺たちがここで逃げ出したら、今見ているこの風景は音を立てて崩れ去ってしまうのかもしれないんだ。

「……兄さん？」

気付いたら、立ち止まっていたようだ。

若葉の声に、俺は再び歩き始めた。

俺が旅に出ると決断したら、二人を巻き込むことになるだろう。

謎の多い、危険な旅に……。

「もしかして、一人で行くとか考えてないですよね？」

「そ、そんなこと考えてないよ」

「翔太くんって、結構自分勝手なところがあるからね。ありえるかも……」

「信用してくれよ。行く時は、みんなで一緒に行こう！」

できれば、関係ない人は巻き込みたくない。

だが、若葉と志乃のどちらが鍵であるか分からないという現状が、それを許してはくれない。

やはり二人を連れて行かなければならない。

◇

「あら、おかえりなさい」

家に帰ると、母さんの姿があった。

こんな時間に珍しいなと思ったが、仕事が休みの日だったようだ。

「今日は何かあったの？　学園から、帰りが遅くなるって連絡があったけど……」

内容までは聞いていないようだが、さすがにあれだけのことがあったのだから、母さんに伝えないわけにはいかない。

だが、何から伝えればいいのか分からなかった。

「翔太？　どうしたの？」

「ええと……」

俺の後ろにいる志乃と若葉と、顔を見合わせる。

二人も何を言えばいいのか分からないのだろう、こちらに困った表情を浮かべていた。

ここは、男である俺がちゃんと伝えないと……。

「俺、世界を救うことになったみたい」

俺の口から出てきたのは、そんな突拍子のない言葉だった。

その後、母さんに今日あったことを詳細に説明した。

国からの使者に呼び出されて、そこで老人より神託の内容を聞かされたこと。

魔女が復活し、再びそれを倒さなければならないこと。討伐の決め手は、俺を含めた複数の鍵の存在であること。

そんな、自分で話していても信じられないような出来事。

その話を、母さんは神妙な面持ちで、黙って聞いてくれた。

「驚かないんだ？」

「驚いているわ。でも、私もあの人とずっと一緒にいたから、ほかの人よりも理解はできるつもりよ」

「そう……、だよな」

親父は1／7の魔法使いで、今も戻っていない。そんな親父と結婚したんだ。それなりの覚悟が出来ていなければ務まらないだろう。

「で、これからどうするつもりなの？」

「まだ、突然すぎて整理ができてない……ってのが本音かな」

「先に言っておくけど、母さんは反対よ」

「母さん……！」

「でも……それについては後日きちんと話しましょう」

「ありがとう……」

言いながら、母さんの顔を見る。

普通だったら、こんな話を冷静に聞いてもらえるだけでもありえないことだ。

「別に、行くことを認めたわけじゃないわよ。あくまでも、話を聞くというだけで」

「うん、分かってる。その辺はきちんと考えるよ」

今回ばかりは、行かないわけには行かないだろう。

ただ、それを仕方ないと片づけてしまうのか、きちんと整理して出かけるのかでは残された人の気持ちも大きく違う。

俺は……少なくとも親父みたいに何も言わずに出ていくようなことは、絶対にしない。

「しょーた、まじめな顔だお？」

「まじめって……そういう話をしてるんだよ」

俺は隣にいたミシェルに向かって話しかける。

「そういえば……、その子って？」

すると、母さんの視線は、金髪の少女へと向いていた。

そういえば、今まで話に夢中でまったく紹介をしていなかった。

「むむー！」

ミシェルの方も警戒してるのか、俺の足元に隠れるようにして様子を伺っていた。

「ねえ、お名前はなんていうの？」

ミシェルがこちらを不安そうな顔で見上げてくる。

「……しょーた」

「大丈夫だよ」

「ほんと？」

「ああ。俺の母さんだから」

「おかあ、さん？」

もしかしたら、ミシェルにはお母さんがいないのだろうか？

「ねえ……お名前は？」

「ミシェル、だお」

「そっか、ミシェルちゃんって言うんだ」

母さんはしゃがみこみ、ミシェルの視線に合わせる。

「何、この子……かわいいー」

母さんが、突然ミシェルに向かって抱きついた。

「く、くるしいお……」

お互いを探り合うようなコミュニケーションから一転して、急に激しいスキンシップへと移り変わった。

「ちょっと翔太。どこから連れて来たのよ～！」

「母さん、離してあげて！」

「え……どうして⁉」

だが……フレンドリーな母さんとは対照的に、ミシェルの方は、あまりの急な出来事に借りてきた猫のようになっていた。

「母さん、ミシェル怖がってるから！」

その声に、母さんがミシェルのことを離す。

「しょーたー‼」

ミシェルが、おびえた様子で俺に抱きついてくる。

「はいはい、大丈夫だからね。って、いきなり驚かせてどうするんだよ！　母さん」

「ごめんなさい。あまりに可愛いものだから、つい……」

母さんが、頭をぺこっと叩いて反省のポーズを見せる。

抱きつき癖があるようで、俺も若葉も、小さい頃よく同じようにされていた。

それからしばらくして……ようやくミシェルが落ち着きを取り戻した。

「で、ミシェルちゃんはどこから来たの？」

「……覚えてないお」

とりあえず、会話ができるようになった。

しばらく警戒していたようだが、お菓子による餌付けが成功したようだ。

「翔太……まさかとは思うけど、誘拐してきたんじゃないでしょうね」

「そんなことしないから！　この子は、その神託の鍵を探すための案内人かもしれないんだ。記憶がないらしいから、はっきりとはしないけど……」

「そうだお！　しょーたと旅に出るお！」

「……ってことなんだ」

母さんに、ここまでのことを伝え終わる。

分からないことだらけで、相談にもならない内容……でも、すべてを知っておいてもらわないと困る。

「……若葉ちゃん、これって本当なの？」

「残念ながら……」

若葉と母さんは、二人で大きくため息をつく。

「で……この子なんだけど」

「ここで、しばらく預かるんでしょ？」

「うん。そうできると助かるよ」

「それは別に構わないわよ。最近、息子も可愛げなくなってきたことだし、新しい子どもができるのは嬉しいわ」

「母さん⁉」

「ふふっ、冗談よ。冗談！」

母さんは、再びミシェルと話すために腰をおろす。

「よろしくね、ミシェルちゃん」

「あい……、だお！」

ミシェルの方はまだ多少ぎこちない感じだが、これなら大丈夫そうだ。

「さ、とりあえず今日は疲れたでしょうし、ゆっくり休みなさい」

「ああ、ありがとう母さん……」

若葉はすでに眠そうな様子だ。

いつもなら就寝している時間だ、無理もない。

俺は眠そうな様子の若葉を部屋へと連れて行った。

「しかし……いろいろとあった一日だな……」

日付けが変わって、ようやく入浴することができた。

浴槽に浸かりながら、ぼーっと過ごす。

今日はもう何も考えたくない。

「いい湯だなぁ……」

入浴は、ネガティブな思考を自然と明るい方向に向けてくれるから不思議だ。

魔女たちとも裸の付き合いで腹を割って話せば、意外と問題も解決するんじゃないか……

なんて考えてしまう。

「……まあ、さすがにそれは無理か」

だが、向こうの狙いが何なのか分からないと、正直、何も対策が立てられない。

なぜ、魔女は俺たちのことを目の敵にするのか。

俺たちは、そんな初歩的なことすら知らないのだ。

「ん……しょ……」

「……なんだ？」

脱衣所の扉が開く音がした。

誰かが脱衣所の中に入ってきたようだ。

「誰かいるのか？」

だが、その声には反応がない。

しかし、するする……と布が擦れる音が聞こえてくる。

「……ごくり」

その音に、一気に緊張感が増す。

この家には、若葉と母さんしかいないし、もう寝ているはず。

母さんは入浴を済ませているので、そうなると若葉が寝ぼけて気付いていないのかもしれない。

このまま黙っていて入ってきたら……悪くない……。

「……って、さすがに妹の裸を見て欲情するわけにはいかないだろ」

服が地面に落ちる音がする。どうやら服を脱ぎ終えてしまったようだ。

「おーい！　入ってるぞ！」

だが、その声は浴室でむなしく反響するのみだった。

風呂場の扉の前に、シルエットが映し出される。

まずい……せめてこっちは隠さないと！

そう思い、俺は急いでタオルへと手をかけると……。

「ミシェルも、お風呂！」

開かれた扉の前には、全裸の状態でミシェルが立っていた。

「そういえば……お前がいたな……」

「お風呂入っちゃだめ、かお？」

妹じゃなくて少しがっかりした……、いやいやそれこそ兄として失格だ。

……というよりも、ミシェルだって一応女の子だ。

俺は、ミシェルの格好を少し眺めた後……。

「……まぁ、いいか」

別に、幼女に発情するような、変な性癖は持ち合わせていない。

「ほら、おいで」

どうせ誰も起きてこないだろうし、そもそもミシェルが一人でお風呂に入れるか分からないからな。溺れられたらそれこそ問題だ。

そのまま、ミシェルのお風呂を手伝う。

「しょーた、そこ……くすぐったいお。あんっ……」

「……一つ教えてやろう。髪に神経はないぞ」

「そうなのかお？」

記憶喪失だからって、そんなことまで忘れるわけがない。

俺は、美しいブロンドの髪、ウエーブがかかった癖っ毛をほぐすようにして洗う。

そうしながら、俺はその美しさに見とれてしまう。

明らかに育ちのよさそうな手入れの行き届いた髪の毛。

サラサラとまるで何も抵抗がないように、俺の手に吸い付いてくる。

ゴシゴシ…ゴシゴシ……。

「目が……いたいお……」

「泡が目に入るから、目を閉じてるんだぞ」

「あいだおー」

その声に、ミシェルが目を閉じる。

「じゃあ、流すぞ。水が入るから口を閉じて、息を止めてろよ」

「……んっ！」

ミシェルの髪の毛を洗い流す。

「……んっ！」

「……何してるんだ？」

息を止めたまま、ぷーっとほっぺを膨らませているミシェルをしばらく見つめる。

「……んー。んっ！」

やがて、その顔が赤みを増してくる。

あれ？　大丈夫か、こいつ？

「……息、していいぞ」

「……ぷはーっ！」

その声に、ミシェルが大きく息を吐き出す。

「お前……お風呂に入ったことはないのか？」

「うーん、覚えてないお！」

これは、教えておかないと明日からも付き合わされる可能性がある。

俺はその後、お風呂の入り方を教える。

「じゃあ、髪はもう洗ったから、今度は体を洗ってみて」

「あいだお！」

そう言った後、俺は先に湯船へと浸かる。

「これを使うのかお？」

ミシェルは、ボディタオルを不思議そうに見ていた。

「そうそう。さっき教えたように、やってみて」

「あい……」

ミシェルが恐る恐るといった様子で、体を洗い始める。

「なんか、こすれて痛いお……」

「そ、そんな本気で擦らなくていいから！」

横から様子を眺めていると……ミシェルは親の敵でも見たかのような形相で、力いっぱい体を擦っていた。

擦られた部分が、ほかの部分と比べて明らかに赤くなっている。

「難しいお……」

「……今日だけだぞ」

俺がミシェルの体をすべて洗う形となり、その後、今度は一緒に湯船に浸かる。

「あったかいお！」

俺に寄りかかるようにして、ミシェルがお湯で遊んでいる。

お風呂以外にもいろいろと教えないといけなそうだな、と思いながらなにやらほほえましい気持ちになる。

神託の案内人ということで身構えていたが、ふたを開けてみたら俺たちと何も変わらない、普通の子供だ。

「しょーた、どうしたのかお？」

ミシェルが、顔をこちらに向ける。

「あ、いや。なんでもないよ」

「……めいわく、かお？」

「そんなことない！　急にどうしたんだ？」

「ねえ、ミシェル……みんなと一緒にいても、いいの？」

いきなり知らない人たちの中に来たんだ、きっと不安でいっぱいだったのだろう。

「当たり前だろ」

俺は、ミシェルの髪の毛をなでながら、そう言う。

「分からないことがあったら、何でも聞いていいんだぞ。俺だけじゃない、若葉にも、母さんにも甘えていいんだからな」

「……あい！」

俺たちはそのまま、しばらく過ごした。

◇

「で、なんでミシェルがここにいるの？」

次の日、学園へと向かう通学路、歩きながら志乃にそう聞かれる。

「いや……話せば長くなるんだが……」

「しょーた、昨日ずっと一緒にいていいって言ったお」

俺の横に、ぴったりとくっつくようにしてミシェルが歩く。

「いったい、昨日一晩で何があったのよ」

「分からないです。ただ……昨夜は一緒に寝たみたいです」

横に居る若葉は、朝からずっと不機嫌だ。

俺だけ朝食のパンが黒こげだったことからも、それは明白だ。

「だから、仕方ないだろ⁉　床に寝させるわけにもいかないし」

「……ねえミシェル？　兄さんのベッドで寝てただけ？」

「一緒にお風呂に入ったお！」

「……一緒に⁉」

「いや……それは……」

次の瞬間、志乃の具現化された剣が横なぎに飛んで来たが、何とか頭を下げてかわす。

「何、かわしてるのよ‼」

「今の……本気だっただろ！　そんなの当たったらタダじゃすまないから！」

志乃の顔を見ると、顔が笑っていない。


——ドスッ！

「いでっ……！」

想定外の方向からの攻撃を受け、慌てて振り返る。

「おい、若葉……か⁉」

「つーん、知りません」

「いや……杖が隠れてないから……」

若葉の後ろに、隠した杖がばっちり見えている。

「で、このまま学園に連れて行くの？」

「そうなるな……」

「……それは、どうかと思いますけど？」

ミシェルが潤んだ表情で俺を見つめてくる。

「いや、でもミシェルが悪いわけじゃないし、放っておくのも危険だしね……」

ミシェルがこちらに笑みを見せる。

分かってやっているのだとしたら……とんでもない悪女になりそうで将来が不安だ。

◇

神託の件は昨日のうちに学園内へと広まっており、ミシェルのことを一目見ようと、ほかのクラス……上級生など、多くの人でごったがえしていた。

「何だ、この子……」

「すごく、可愛いんですけど！」

ある程度そうなるのは仕方ないが、それにしてもすごい！

集まっているのは大半が女子。

ミシェルはもみくちゃになり、お人形のようにされるがままといった様子だ。

「しょーた！」

ミシェルが俺の姿を見つけ、しがみついてくる。

小刻みに震えているのを見ると、おびえているのかもしれない。

「ははは。お前には、お似合いだな」

教室の端の方で、明らかに不満そうにこちらを見ている人物がいる。

「……また、お前か」

神条達也だった。

「どうしたんだ翔太、そんな子どもを連れて……。昨日の件、もしかして子守りの相談でもされたのか？」

するとクラスから笑いが巻き起こる。

「しょうたは、せかいをすくうんだお！」

「ミシェル……！」

その声に……再び、クラスの一部から、さらに大きな笑いが巻き起こる。

しかし、今の発言で笑い声が上がるということは、どうやらクラスの皆はその事実を知らないようだ。

「ははは っ！　翔太、お前に似てこいつもずいぶんと冗談がうまいな」

達也が言いながら、ミシェルの頭へと手をやろうとする。

しかし、ミシェルはそれをはねのけると……。

「嘘じゃないお！」

そう、逆に啖呵《たんか》を切って見せた。

「嘘もなにも……こいつに、そんなことできるわけないだろ」

その行為が面白くなかったのだろう。

先ほどまでのからかうような姿勢はなくなり、達也はさらに鋭い視線を俺に向けてくる。

「なんだ。昨日の件で、話は終わりじゃないのか?」

昨日、俺は達也から決闘の申し込みを受け、負けたことになった。

あとはその情報をどう使ってもらっても構わないのだが、それで達也の気が済むのかと思っていたが、そんな簡単な話ではなかったようだ。

どうやら、何が何でも俺に食って掛からなければ気が済まないようだ。

「あんなので……俺が満足するわけないだろ」

「そうなのか……?」

「当り前だ。男なら、答えはこっちでつけないとな」

達也が、右拳をこちらへ突き出す形でそう告げる。

どうやら、俺とのきちんとした戦いを望んでいるようだ。

「やりたければ、一人でやってろよ」

しかし、今はそんなことをしている場合ではない。

魔女が復活しているんだ……、一刻も早くその情報を集めないと……。

こいつに構っている時間なんてないんだ。

「いいよな、お前は。何も努力しなくても、大役が勝手に転がり込んでくるんだから……。世界を救うってのが聞いて呆れるぜ」

「でも……先生の話だと、本当にそうだったのよね？」

「……どこまで本当か分からないけどな」

クラスの中から、そんな声も聞こえる。

「なら、俺の代わりに行動すればいいだろ」

「それが出来ないから、こうして文句を言っている！」

それで俺は確信した。

達也たちは、神託の件を聞いているということを……。

「なら、仕方ないだろ」

「だから、俺が言っているのは、適性の問題じゃない。お前に、その能力があるかどうかだ」

「能力……？」

「魔法をろくに使えないお前に、そんな任務が務まるわけがないって言ってるんだよ」

「そんなこと、お前には……」

「しょーたは、できるお！」

俺が達也に向かって答える前に……ミシェルが俺の前に立ち、達也に向かって言い放った。

「なんだ……この子ども《ガキ》の方が、威勢がいいみたいだな。で、どうなんだ？」

クラスには先ほどの笑いとは違い、張り詰めた空気が流れていた。

明らかに、周りもその事の意味を感じ始めているのかもしれない。

「そんなの、分かるわけないだろ」

「分かるさ……簡単にな」

「……どういうことだ？」

「どちらがその任務に相応しいか、俺と決闘しろ！」

その声に、クラスから歓声が沸き上がった。

明らかに、周りは俺たちの戦いに期待している状況だ。

「しょーた……」

「どうした？　逃げるのか、前みたいに」

「俺は……」

この戦いに何の意味もない。

達也や学園の皆に、自分の力を証明したところで、何も状況は変わらない。

どこかで魔女たちが監視している可能性もあるのだ。

そう考えたら、むしろマイナス要素すらも含んでいる行為だ。

だが……そんな理論的な考えとは別に、この戦いを受けたいと思う感情が少しずつ生まれていた。

ここで退いたら、ここまで俺を信じてくれているミシェルに申し訳ない。

俺の考えも少しずつ変わってきていた。

この戦いには何の意味もないはずだけど、ここで逃げたら……それこそ世界を救うなんて覚悟は一生持つことができない気がした。

「どうするんだ？　翔太」

達也が、こちらを睨んでくる。

「しょーた？」

横ではミシェルが何の疑いも持たない純粋な瞳で、俺を見つめている。

「兄さん……」

「翔太くん」

その後ろでは、志乃と若葉の声が聞こえる。

クラスの中からは、俺が決闘を受けることを期待するような、そんな空気が感じられる。

この状況で逃げたら、男じゃない。

世界を救うとか、そんな先のことばかりを考えていても仕方ない。

今、目の前の状況から逃げているものに、そんな大役が務まるわけがない。

だとすれば、出す結論は一つだった。

「分かった。受けてやるよ。それでお前の気が済むならな」

クラスの中で一瞬、驚きに似たうめき声があがり……それがすぐに大きな驚きを伝えるものへと変化していく。

「面白い……逃げるなよ、翔太」

「ああ。そっちこそな」

正直、戦う意味も勝算も……まったくない。

だが、間違った決断をしたとは思わない。

俺と達也の決闘のゴングが、静かに鳴り響いた。

◇

次の日、達也との決闘は、私闘ではなく、授業後に競技場を使用しての正式な対決となった。

魔法武闘会と呼ばれる学園の公認戦でも使用されるこの競技場は、学生全員とまではいかないが、それなりの人数は収容できる設備だ。

すでに、競技場にはそれなりの人が集まっているようだ。

伝説の魔法使いの息子の対決を見たいという人、それも、ほとんどがおもしろ半分だろう。

「何でこうなるのかな……」

控え室は競技場の左右に別部屋で設置されており、対戦まで相手の姿を見ることはない。

「まぁ……流れを考えれば仕方ないんじゃない？」

セコンド役の志乃が、救急箱の中身を整えながら言う。

「準備がいいな……」

「え……そう？」

ちらっと救急箱の中身を見ると、さまざまな治療薬が入っていた。

しかも、簡単な治療をするものだけではなく、魔法を用いてその効果を倍加させる、本格的な治療薬も揃っていた。

もしかして、俺がやられる前提での準備なのか……⁉

「あのな、俺が勝つっていう想定はないのか？」

「あははっ……。念のため、念のためよ！」

「別に殺し合いをするわけじゃないんだからな……」

ルールは三本勝負、相手を地面に倒れさせたら一本となる。

武器の使用は可。

相手を即死状態に至らしめる大規模な魔法は禁止。

それ以外は自由なので戦略の幅は広い。

このルールであれば、相手に尻持ちをつかせても一本になる。

「と言っても……ある程度、怪我はするんだろうな……」

俺は、愛剣を眺めながらそうつぶやく。

魔法で武器を具現化できない俺は、特注で用意してもらっているこの剣が唯一の相棒だ。

「だよね。そんな甘い戦いになるとは、到底思えないんだけど……」

「だろうな……」

相手は、あの神条達也。

俺にはっきりとした敵意を持っているのだ。

「ま、無理だけはしないようにね」

「いいよな、そうやって他人事でいられる立場で……」

「嫌なら、受けなければよかったじゃない」

そう言いながら、志乃の顔からは笑みがこぼれていた。

「……何がおかしいんだよ」

「ごめんごめん。何か、真剣な表情だったから」

「負けられないからな、今回は……！」

俺にだって最低限のプライドはあるんだ。

「なんだか、ちょっとだけ翔太くん、変わったね」

「……そうか？」

確かに、こんな意味のない戦いを受けたことは自分でも不思議だが、自分ではそんなに大した変化があるように思えない。

「そんなに、いつもと違うか？」

「うん。すごく大きく変わったわけじゃないけど……でも、変わったと思うよ」

「具体的には……？」

「うーん、今の方が生き生きしてる感じ、かな？」

「生き生き、ねぇ……」

そんな状況を遮るように、競技場にブザー音のようなものが鳴り響く。

対決の時が来たようだ。

「ほら、頑張ってね」

「ああ」

その声に、俺は立ち上がり、戦いの場を目指す。

「でも……楽しみだな」

「何が？」

「これからの戦い。だって……私も、ちゃんと戦う翔太くんの姿って初めてみるからさ」

そういって、志乃に送り出されるのだった。

競技場に出ると、すでに観客席には人が集まっていた。

前列の方にはクラスメイトの姿が見えた。

その後ろには上級生もいるようだ。

「なんだ、てっきり逃げ出して来ないかと思ったよ」

円形の競技場には、すでに達也の姿があった。

「この状況で逃げるなら、最初から断ってるよ」

俺も競技場の中央で立ち止まり、達也と向かい合う。

「はっ、それは楽しみだな」

達也がこちらを睨みつけてくる。

その瞳から、今日の勝負にかける強い闘志が伝わってくる。

達也が所定位置へと移動を始めた。

何で……そんなに目の敵にするんだろう……。

俺も移動を開始し、どちらからともなく開始の体勢に入る。

二人の距離は、約五メートル。

戦闘が開始すれば、一瞬で埋まるその距離で……お互いが見合う。

「準備は、よろしいですか？」

「はい……」

審判の言葉に、お互い静かにうなずく。

すると、会場に設置された電光掲示板に、カウントダウンの数字が流れ始める。

五……四……三……二……一。

「始めっ！」

その合図に合わせて、体勢を深く落とした俺は飛び出して、一気に達也との間をつめた。

肉弾戦でどうにかなるとは思ってはいないが、距離を取ったらそれこそ魔法の餌食になる。

先手必勝、これに限る。俺は横薙《よこな》ぎの一撃を繰り出した。

だが、開始と同時に武器を具現化し、双刃の槍を手にした達也に、それは難なく受け止められた。

刹那、金属がぶつかり合う衝撃音が、辺りに鳴り響く。

「魔法は、使わないのか？」

「お前相手に魔法で勝っても、何の自慢にもならないからな！」

「……言ってくれるな！」

上段、中段、下段……俺はさまざまな角度から剣を振るう。

しかし俺の剣戟《けんげき》は、余裕をもって達也に受け止められる。

魔法が使えない俺は、近接戦闘を想定した鍛錬を中心に積み上げてきた。

どうやら魔法なしでそんな俺の相手をするということは、近接戦闘に相当の自信があると思っていいだろう。

俺は……いったん距離を取った。

達也の槍による間合いは、俺の剣の倍はあるだろう。

武器の間合いでは達也が有利だ。

「来ないなら、今度はこちらから行くぞ！」

達也が突進を開始した。

その周りには、火花が舞い散っていた。

魔法を使わないとはいえ、もともと魔法で具現化した武器だ。

達也の得意とする、火の特性をまとっているのは間違いない。

――よって、受け止めるだけでも、かなり熱い。

普通の魔法使いであれば、防御結界を常に発動した状態で戦うため、熱さを感じることはないが……。

「うぐっ……」

魔法を使えない俺にとっては、致命的だ。

「悪いな……これぱっかりはどうにもならないんでね」

「うっ……」

俺は熱に耐え切れず、半ば強引に距離を取った。

「まったく……この程度で根を上げられちゃ……話にならないよな」

達也は、そのまま追撃の姿勢へと移っていた。

俺は……周りを走りながら、達也の動きを観察していた。

近づいての攻撃は通用しない。

鍔《つば》迫《ぜ》り合《あ》いは、こちらが一方的に不利な状況……。

となれば……もう俺に残された方法はひとつ！

相手の隙を狙うしかない！

そう考えている間に、達也は次の行動へと移っていた。

飛び上がって、上方からの突きの体勢に入った。

「はぁあっ！」

これは……チャンスだ。空中では相手の行動が制限されるため、対処が取りやすい。

「……もらった！」

地面に槍を突き刺そうとばかりに凄まじい勢いで向かってくる達也。

「あぶなっ……」

俺は間一髪それをかわす。

達也はさらに、着地と同時に膝の屈伸で反動をつけて、槍を大きく上に振り上げてきた。

「くぁっ……」

俺はなんとかそれもかわしたが……無理な姿勢となり、こらえきれず体勢を崩した。

「ここだっ！」

達也がその隙をついて、ここぞとばかりに次の攻撃に移ってきた！

でもそれは、俺にとっては想定内の出来事だった。


——どんっ！

「……いまだっ！」

俺の声とともに、勢いよく発射された剣の刀身が、達也に向かって一直線に伸びる。

「な、なんだ⁉」

そう……この剣は、ただの剣ではない！

俺の愛剣にはこのような状況を想定して、七つの仕掛けがしてある。

これはそのうちの一つ、「飛び出すんデス」だ！

「危ないっ！」

だが……それは間一髪かわされてしまう。

「嘘……だろ？」

次の瞬間……達也が、笑みを浮かべながらこちらを見下ろしていた。

「まったく……セコイ真似をしてくれるよな。お前のことだから、何かあると思ってたよ。

だが、これで終わりだ……」

達也が、俺の頭上で槍を振り上げる動作に入る。

「何を言ってるんだ？　攻撃は、これからだ！」

俺は、その声を無視するように、柄の部分を手前に引く動作をとった。

「刀身のない剣で、何をやってるんだ？」

――ぶおん！


達也の後ろの方で、何かが風を切る音が聞こえた。

この剣の刀身と柄の部分は、魔糸で編まれた特注の紐で繋がれているんだ。

俺は、ピンと張りつめた状態の糸を手前に引き、刀身を引き戻した。

「な、にっ……！」

勢いに乗って武器が自分たちの方へと戻ってきた。

「くっ……！」

達也はひるんで体勢を崩したが、ギリギリのところでそれもかわした。

「はぁっ……!?」

だが、もうゲームセットだ。

オレは体勢を崩した達也を、柄の部分で軽く小突く……。

その単純な攻撃に、達也はこらえきれず……地面へと尻餅をついた。

「い、一本！　一条翔太！」

審判の声に……学園内に笑い半分、驚き半分の歓声が沸きあがった。

「何だよあれ……！」

「確かに、あっけない決着だな」

その声は、ほとんどが俺の最後の攻撃に対してだった。

「そ、そんなの……卑怯だぞ！」

「卑怯って言われてもさ……、そういうルールだろ？」

「だからって……！」

「それに今のは、勝手に驚いた、お前が悪いんだろ？」

俺は尻餅をつく達也に向かって手を差し出す。

だがその手は、達也の怒りとともに払われてしまう。

「そんなの……二度は通じると思うなよ」

「分かってるよ。勝負は、ここからだ」

確かに、一本目は取らせてもらったようなものだ。

本当の闘いは、これから。

「……二本目は魔法を使えよ」

「言われなくても使うさ！　お前がふざけた奴だってのはよく分かったからな！」

手加減された状態で戦っても、何も面白くない。

俺が本気を見せるのは……これからだ……。

お互いが身なりを整え……準備を完了させ、二本目へと入ろうとする。

しかし、二本目が始まることはなかった

空が急に暗くなり、怒号にも似たうなり声のようなものが天空から聞こえてきた。

その声に、会場がざわめき始めた。

「ナンだ……ずいぶんと人が集まってテルじゃねーか」

空から現れたその姿に。会場が一瞬にして悲鳴に包まれる。

「あれは一体……」

「やべえだろ、あの数は……」

「どうなってるの？」

言葉にならない声が、切れ切れに聞こえる。

「ま、魔人だ！」

誰かがその言葉を発した瞬間、周りが一斉に騒がしくなる。

どよめきが、次第に大きくなっていく。

「きゃぁあああぁぁぁ！」

会場がパニックになるまで、時間はかからなかった。
魔人……二十年前に居なくなったはずの存在。
おそらく、この学生たちの中で魔人を目にしたことがある者はいないだろう。
全長はおそらく2~3メートルほど。
黒光りする体躯に大きな翼を携《たずさ》え、悠々《ゆうゆう》とした佇《たたず》まいで空に浮かんでいた。
よく見ると魔人は一体のようだ。
魔人よりランクが下の魔物たちがほとんどだ。
「みんな、逃げろ！」
俺はとっさに、声を上げる。
その声で我に返った観客席の学生たちが、一斉に逃げる体勢を取った。
しかし……このままでは犠牲者が出るのは間違いない。
「何やってるんだ。戦うしか……ないだろ！」
達也が、攻撃の魔法を編み始める。
瞬時に、目の前に真赭《まそお》に光る構成式が展開される。
魔人たちは観客席側を向いたままで、まだ何も行動を起こしていない。
注意をこちらに向けて、時間稼ぎさえできれば……。

「百の焔槍《えんそう》」

達也が、槍を目の前で高速回転させながら、呪文の詠唱を行う。

その声に呼応して、高速回転した槍から無数の炎の矢が生み出された。

「すっ……すごい」

これなら、多くの魔人たちに一斉に攻撃を仕掛けられる！

「くらえっっ‼」

炎の矢が、魔人たちに向かって飛び出した。

達也の攻撃は魔人たちへと命中したが……。

「あン……？　なンだ？」

しかし、まるで何もなかったかのように浮かんでいる。

「なかなカ……おもシれえモンつかうジャネーか」

魔人は、達也へと照準を見定めたようだ。

「達也……逃げろ！」

だが、達也は驚きを隠せない様子で……。

「そんな、バカな！　俺の魔法が……効かない？」

虚空へと視線を送ったまま、その場を動かなかった。

「いクぞ！」

次の瞬間、魔人が達也を目掛けて襲い掛かった。

「危ない‼」

呆然とした様子で立ち尽くす達也を押し倒すようにして、間一髪のところで攻撃をかわした。

そして間髪入れずに、「飛び出すんデス」で攻撃を仕掛けた。


――カラーン――


「んっ……なンのまネだ……？」

見事に命中はしたが……その攻撃は情けない音だけを残して終了となった。

「だよな……」

予想はしていたが、実際にその光景を見ると悲しくなる。

「もう、何やってるのよ！」

「……そんなの、通じるわけないです」

後ろから二つの声が聞こえる。

志乃と若葉だ。

「ほかのみんなは……？」

「まだ、もう少し避難に時間がかかりそう……」

「そうか……」

俺たちは、そのまま魔人と向かい合う格好となった。

達也はショックからか、地面に倒れたままだ。

「……一体、何が狙いなんだ」

「ソンナの、お前らにイウ必要はない」

魔人は、後ろで待機していた無数の魔物たちへと合図を送った。

魔物たちが一斉に学生たちへと襲い掛かる。

「やめ……ろ！」

その言葉もむなしく……俺たちはその場に立ち尽くすことしかできなかった。

目の前に繰り広げられる惨劇を、ただ、直視する。

魔物たちが学生たちへと襲撃を行う絶望の様を……。

学生たちの魔法が、一切通用じず、失意の底へと堕ちていく様を……。

一人、また一人と無残に倒れていく、悲劇の様を……。

俺は、一歩もその場から動くことすらできずに、傍観するしかなかった。

前回の魔女との一件で、どこか心の底で抱いていたのかもしれない。

なんだかんだで、言葉が通じるのだと。

向こうには俺たちを襲うことができない〝何か〟があるのだと。

だが、そんな心の油断は……甘えは、今こうして脆くも崩れ去った。

その後に残ったのは、競技場の中で聞こえる、倒れ行く学生たちの叫び声と……、自らの身が置かれている絶望だけだった。

「やめろ……やめてくれ！」

俺は、最後の声を振り絞り……そう叫ぶ。

「ひケ……」

すると、その声に合わせて魔物たちが攻撃の手を緩める。

「なんで……」

魔人は、こちらを見ていた……蔑《さげすむ》むような、そんな目で蔑む。

今の行為は、決して俺の言葉を聞いてのものではない。

魔人にとって、どちらでも構わないのだ。

ここにいる学生全員が、死のうと、死なないと。

「ソンなに睨むナよ、今日は挨拶に来たダけだ」

「……挨拶？」

「そうダ。お前の抹殺ノためノな……、一条翔太！」

魔人が、俺に対して強い視線を送りながら、そう告げる。

抹殺……。

それも……俺を名指しで……。

「死ぬ覚悟が決まっタら……凮の砦にコいよ」

「凮の……砦」

「そコで、待ってイる……」

魔人が空へと舞い上がり、翼を丸め込むような姿勢を取った後……消えてしまった。

「……何だったんだ。今のは⁉」

緊張から一気に開放され……どっと疲れが出た俺は、そのまま地面へと座り込んだ。

手がひどく震えていた。

強く握り続けた剣を離そうと思っても、指がうまく開かない……。

「……兄さん？」

「翔太……くん」

目の前の光景を……俺たちは直視する。

幸い死人は出ていないようだが、競技場は半壊し、多くの学生たちが倒れ……とても無事といえるような状況ではなかった。

「大変なことに、なっちゃったな……」

空を眺めながら、今の出来事を思い返してみる。

どうやら、俺の命が狙われているらしい。

理由は分からない。先日の魔女の件と符合させようとしてみても、食い違っていることが多過ぎる。

俺を殺すのであれば、前回そうすればよかったはずだ。

だが……あの時にあえてそうせず、今こうして別の魔人に再び命を狙われている。

まったく分からない、俺が今置かれている状況が……。

一体何が正しいんだ……何も分からない。

ただ、そんな中でひとつだけはっきりしたことがあった。

「……はぁっ」

それは、俺たちが考えているよりも明らかに早いペースで、物事が進行しているということだ。

一夜が明け、教室では何やら騒然としていた。

クラスの大半が一箇所に集まっていた。

「……あの人だかりは、何なのでしょう？」

「さあ……」

試験内容の貼り出しでもあったのだろうか？

だけど、それはこの間終わったばかり……。

学園のカリキュラム的にも大きなイベント等はなかったはずだ。

その人混みの中に、橋本輝男《はしもとてるお》がいた。

「おーい橋本、一体どうなってんだ？」

「おお……、翔太。遅かったな。昨日の一件で……大変なことになってるぞ」

「だから、何なんだ？」

「俺の口からはなんとも。自分の目で確認して来いよ」

人の群れを掻き分け、ようやく貼り紙にたどり着いた。

そこに書かれていたのは……「討伐隊募集」の文字だった。

「これは……!?」

俺は、その場で立ち尽くしてしまった。

教室のドアが開き、教師がやって来た。

「おはよう。皆、席につくように！」

その声に、周りに集まっていた学生たちが一斉に席に着く。

「どうやら、貼り紙の内容に皆、興味があるようだな！」

教師のその声に、誰も応える者はいなかった。

無理もない。リスクが高すぎる募集だ。

「昨日の一件は、皆すでに知っていると思うが、魔人の姿が確認された。場所は、イェグディエル西の地域にある、『凪の砦』だ」

「……凪の砦!?」

教師の声に……俺は思わず声をあげる。

イェグディエル西の地域、凪の砦。

昨日、学園を襲った魔人に告げられた場所だ。

「一条翔太、どうした？」

気が付くと、教室の全員が俺に視線を送っていた。

「いえ……何でもありません……」

「ならば、話を続けるぞ。風の砦には島を支える基幹部分があり、占領されるわけにはいかない。だが、もともとこの島は主要な軍を持たないため、先日の魔女復活について、島間を越えての討伐部隊の構築が進められているが時間が足りない。さらに、軍事島ウリファーレからの応援を待つ余裕はなさそうな状況だ」

冷静に話しながらも、楽観できる状況ではないと分かった。

「正直……迎撃するには戦力不足といったところで、一人でも多くの戦力が欲しいのが実情だ。そこで、学生の中からも討伐隊を募集することになった」

教師の声に、教室内から歓声半分、驚き半分の声が上がった。

昨日の競技場には多くの学生たちがいた。

あの惨劇を見てしまったら、安易な判断で参加を決めることはできないだろう。

「今回は正規隊の補佐が主な任務となるが、活躍次第では正規討伐隊への推薦もあり得る。我こそはと思うものは、ぜひ立候補をしてくれ！」

正規の討伐隊に選ばれるということは、自らの名を上げる絶好の機会でもある。

リスクなしに名誉はついてこない。

普通に生活を送っていれば、学生にこんな機会が回ってくることは皆無だろう。

その視点から考えれば、逃す手がないチャンスとも考えられる。

「立候補者には、三人一組での小部隊を二つ結成してもらう。細かい連携等の訓練を行う時間はないため、互いをよく知るクラス単位での編成となった。それ以上の応募があった場合には、適性を判断した上での選考とする。以上だ」

すぐに、教室からは立候補の手は上がらなかった。

「……先生、立候補いいですか？」

結果、俺が最初の立候補となった。

「お前がか⁉　珍しいな」

クラスの中からも、声が上がる。

あまり好意的なものとは感じられないが……。

「……お願いします」

俺は、先生へと頭を下げる。

俺は、これに参加しないわけにはいかない。

何故なら、あいつらの狙いは……この俺なのだから……。

「……分かった。ほかにいないか！」

「先生、俺も立候補します！」

神条達也だった。

その言葉の後……相変わらず俺に睨みつけるような視線を送ってきた。

「わ、私も立候補します！」

「……私も立候補……」

俺たちの視線に割り込むように、志乃と若葉が立候補の声を上げた。

「これで四名か。ほかはどうだ？」

その後、二人の立候補があり……結局それ以上、声が上がることはなかった。

「討伐部隊の派遣は明日の早朝六時だ。それまでに準備を行うように！」

◇

「というわけで……明日、朝早くに出掛けることになったから」

俺は、今日のあらましを母さんに伝えた。

「翔太！　ちょっと待ちなさい！」

「はい……！」

さすがに、何もなしとはいかないか……。

「参加するのは分かったけど……大丈夫なの？」

「大丈夫だよ。先生も着いてくるし、あくまで本部隊のサポート程度だから」

「……本当に？」

「本当だよ。なぁ、若葉？」

「え、ええ……。そうですね」

若葉とは、すでに口裏をあわせてある。

別に、嘘はいってないのだから問題はないはずだ。

「しょーた。なんかしんぱいなのかお？」

「そ、そんなことはないぞ？」

「じー……」

ミシェルが俺の方を見つめてくる。

「な、なんだよ……」

俺はたまらずに視線を逸らす。

「なんか……怪しいのよね」

「だから、別に何もないって」

「でも、子供の勘は鋭いんだから。ねぇ、ミシェル」

「ミシェルは、子どもじゃないお！」

「はいはい、ごめんなさいね。ミシェルはお姉さんだもんね」

「分かればいいんだお」

言いながら、母さんがミシェルのことを抱きしめる。

「もー、可愛いんだから！」

「く、くるしいお……」

どうやら、二人もすっかり仲良しのようだ。

「はっ！　こんなことをしている場合じゃなかった」

「……質問しといて、自分で脱線してたら世話ないよ」

「そういわないでよぉー。別に、考えなしに聞いてるんじゃないんだからね」

言いながら今日の晩御飯に視線を移す。

「きょーのごはん、すごくまずいお……」

「若葉ちゃんがこうなるのって、大体……何か考え事とか、心配事があるときなのよね」

「ぐぐっ……」

なかなか鋭いところを突いてくる。

それは、俺も感じていた……というよりも、色からして明らかにおかしい。

母さんの言っていることは事実だが、さすがにここまで料理に心情が出るのは初めてだ。

「……というか、そこまでいうなら母さんが料理を覚えればいいだろ⁉」

「母さん、料理だけはダメなのよ。なんていうか、包丁を見ると……」

包丁を見ると……なんなんだ？

そこで止められると、すごく意味深に聞こえてしまうのだけど。

「ただ、貧血になるだけですから安心してください」

若菜が、すかさずフォローする。

「そうなのよ！　私、刃物が苦手で……」

「そんなことを意味ありげに言わないでくれ！」

てっきり人格が変わって刺したくなるとか、猟奇的なことを想像してしまった。

「まぁ……母さんの料理は、はっきり言ってまずいから作らなくていいけどさ……」

「ひどい……翔太！　そんな息子に育てた覚えはないわよ！」

少なくとも、母さんの料理で育ててもらった覚えはない。

「……ひひひっ、ひどいわ……」

「まだ、何も言ってないだろ？」

「言わなくても……顔を見れば分かるわよ！」

そんなに顔に出る性格ではないと思っていたが……。

「……って、また話が脱線してるわ！」

ついに気付いてしまったか。

ここまで簡単に誘導できてしまう、我が母ながら不安になってしまう。

「なでなでー、だお」

「ありがとう……ミシェル」

しかし……このままだと、いつまで経っても話が進まない。

「とにかく、平気だから。ちゃんと夜には帰ってくるし」

「ほんとうに……？」

そこまで話して、なんで母さんがそこまで心配しているのかを理解した。

たぶん、俺が生まれた頃にも、似たような会話があったのだろう。

「ああ、大丈夫だ。俺は……ちゃんと帰ってくるよ」

「分かった。じゃあ、信じる」

「私が一緒だから、平気です」

「何言ってるの。あなたもよ、若葉。絶対に……無理はしないでね」

「……はい」

そういうと、母さんがこちらへと近づいてきて……。

「じゃあ、気を付けて行って来てね」

俺と若葉が、母さんに抱きしめられる。

「……恥ずかしいです」

「母さん……もう子どもじゃないんだから！」

「何言ってるの。あなたたちは、いつまでも私の大事な子どもよ」

「ミシェルは？　ミシェルは？」

「あら、ごめんね。おいで」

ミシェルも加わり……四人での抱擁。

この温もりを忘れないためにも、明日は絶対に無事に戻らなければならない。

俺は、自然と旅立ちへの覚悟ができていた。

「さあ。ご飯の続きにしましょうか」

「おなかしゅいたおー！」

母さんとミシェルが、食卓につこうとする。

それに倣《なら》って、俺も食事を開始しようとするが……。

「ちょっと待ってください。味付けをやり直さないと……」

「そういえば……そうだったな」

そこで、今日の料理がいつもとは違うことを思い出す。

若葉は料理を作り直してくれた。

夕食が終わって部屋に戻る。

若葉が作り直した料理は最高だった。

楽しい家族団らんの時間……とても楽しく過ごせた。

本当なら、こんな光景がずっと続けばいいのに……。

そう願いたくなる気持ちを必死で抑える。

戦いの道を選んだ俺に、それは叶わない夢なのだから……。

しばらくすると、ノックの音が聞こえる。

「兄さん、入ってもいいですか？」

その声の主は、若葉のようだ。

「若葉か？　どうしたんだ？」

俺と若葉の部屋は、もちろん別々だ。

「いえっ……何が……、ということはないのですが……」

そこには、枕を抱きしめ、照れた様子でこちらに視線を送ってくる若葉の姿があった。

「兄さん……」

「どうしたんだ？」

「いえ……その……」

若葉が言いたいことは分かるのだが、その恥じらいの様子がかわいくて、ついからかってしまう。

「もう……！　言わなくても、分かりますよね？」

「ああ、分かったよ」

俺は布団を広げ、若葉が横になれるスペースを開けた。

「ほら……」

「兄さん、その……」

「違うのか？」

「……べ、別に、そういうわけじゃないですけど」

「なら、帰るか？」

「むぅ……」

若葉が、こちらへと明らかな不満顔を向けてくる。

「妹思いじゃない兄さんは、よくないと思います」

「ははっ。分かったよ。おいで……」

「兄さんがそう言うなら、甘んじて受けることにします。せ、せっかくなので」

「はいはい。それでいいから……」

若葉が、恐る恐る布団の中へと入ってくる。

「……ありがとう……ございます」

ぼそっと、語尾が聞き取れないくらいの声。

一人用のベッド、どうしても体が触れてしまうような狭い空間で……俺は、若葉が小刻みに震えていることを感じた。

「やっぱり……不安か？」

夕食の時に落ち着いたかと思っていたが、そうではなかったようだ。

「はい……そうかもしれないです」

「まぁ……仕方ないよな」

「なんだか、一人だといろいろ考えてしまって……兄さんは、不安じゃないのですか？」

「ああ、もちろん不安だよ」

「……そうは見えないです。兄さんは、命が狙われているんですよ」

「だから不安なんだって。それこそ、逃げ出したいくらいに……」

「だったら、そこまで無理をしなくても！」

若葉が体をこちらに向け、視線を送ってくる。

吐息が伝わるほどの距離……、強いまなざしで若葉がこちらを見つめてくる。

そこで……初めて俺は若葉の不安の本質が理解できた。

「危険だけど……でも、俺がやらないといけないんだ。仕方ないだろ?」

「でも……」

何かを言いかけたところで、若葉が言葉に詰まる。

「でも……何で兄さんだけが」

若葉が不安なのは、自分のことではなくて、俺のこと……。

「やっぱり兄さん、明日は行かないほうが……」

「それはできないだろ……」

俺が行かなければいけないことは分かっている。

けど……それでもその危険をはらんだ場所へと行かせたくない。

自分のことじゃないのに……若葉は当事者の俺以上に、真剣にこの問題について考えてくれている。

そのことが、たまらなくうれしかった。

「ありがとう……若葉」

「兄さん。じゃあ、明日は……」

「若葉、悪いけどそれはできない」

「でも……今のまま行くなんて、危険過ぎます！」

「分かっている。分かっているけど……」

だが、俺はその好意を心地よく感じながら……相反するもう一つの思いを抱いていた。

「本当はな……ここだけの話だけど、ちょっと嬉しいんだ」

「嬉しい……？　どういうことです？」

「自分にしか出来ないことって、そんなにないだろ？　ずっと親父と比較されてきたけど、こんな俺でも出来ることがあるって思ったら、何だか嬉しくてさ」

「……気にし過ぎです。兄さんは兄さん。他の誰かと比べる必要なんてありません」

「でも、俺自身が気になるんだ。親父と比べられることを……」

「兄さん……」

「ごめんな……こんなことに巻き込んじゃって……」

「気にしないでください。好きで立候補したんですから」

「でも……危険だし」

「とりあえず、兄さんの気持ちは分かりました。私は、兄さんの力になりたい。だから、何と言われても一緒に行きますから」

「ありがとう……」

いつの間にか若葉の震えも収まっていたようだ。

「もう、平気か？」

「はい。……でも、今日はここで寝てもいいですか？」

「まったく、甘えんぼうだな」

「……そんなことないです。私は妹ですから、当然の特権です」

血が繋がってなくても、若葉は俺の妹だ。

だから、命に代えても俺が守らないといけない。

この戦いには、俺の決意も含まれていた。

もしここで、若葉を守れないようなのであれば、俺は……。

「まだ何か気になることでも……？」

「そんなことはないよ。さ、明日も早いし寝るか」

「そうです……ね」

俺は、若葉のぬくもりを感じながら……いつの間にか意識を失っていった。

【第四章】風の砦と魔人の罠！

学園からは、俺たちを含めて合計で6つの小隊が結成された。

皆、落ち着いた様子で準備を進めている。

正規隊のサポートという任務ではあるが、学生たちからはそれ以上の意気込みが伝わってくる。

志乃と若葉は、何やらほかの学生と話しているようだ。

ほかの隊の情報を得ておくことも重要なはずだ。

だが、有名になってしまった俺は、自分から話しかけに行くことに若干ためらいを覚えていた。

「おはようございます、翔太さん」

「あらら、なんだか神妙な顔してるねぇ」

その声で振り返ると、共に小隊を組む予定になっている二人の女性の姿があった。

「本日は、よろしくお願いします」

常に物腰の柔らかい話し方をする綾野香澄《あやのかすみ》。

すらっと伸びた長い黒髪に小さい体と無表情な顔立ち。まるで人形のような印象を抱く。

「あははー、翔太らしくないな。もしかして、緊張しているのか？」

そして、気さくに話かけてくる篠田梨花《しのだりか》だ。

多少癖っ毛がかったショートヘアに、すらっとした美人系の見た目。だがその実は、元気いっぱいのうるさい奴。

両方とも俺のクラスメイト。

凸凹な性格に思えるが、なぜか気が合っているようでいつも一緒にいる。

「おはおー！」

「ミシェルちゃんも、おはよう」

「てか、何でこんな危険な場所にミシェルを連れてきてるんだ！」

「仕方ないだろ、言っても聞かないんだから」

「ミシェル、いつもいっしょ！」

「あぁっ……、分かっているよ。でも、今日はさすがにまずいんじゃないか⁉」

「だいじょーぶだお！」

その声に、ミシェルが元気一杯に応える。

「まぁ、こいつもただの子どもってわけじゃないし……」

「私たちでちゃんと守ってあげましょう‼」

「そうだな。……しっかし、まさか翔太が自分で応募するなんて思わなかったよ」

「まぁ、いろいろとあってね……」

昨日の魔人との会話は、皆逃げるのに精一杯だったようで聞いた者はいなかったようだ。

内容を伝えるか迷ったが、基本的には小隊ごとでの別行動となる。

余計なことを伝えて変に意識される方がマイナスだと思い、伝えずにおいた。

「もしかして……達也との件が関係しているのか？　あの一戦は、なかなか面白かったからな！」

「正直……笑ってしまいました」

綾野と篠田は、ときどきお互いの目を見つめながら笑みを浮かべている。

「ここだけの話……あいつすげ～嫌味な奴だからさ。あれですっきりした奴も多かったと思うよ」

「香澄……そういうのはよくないですよ」

「ああいう奴は、一度笑いものになればいいんだよ」

「それで懲りてくれればいいけどな……」

「そりゃ無理だろうねぇ。今日の立候補も完全に翔太に対抗してって感じだろうし。ひがみってのは、恐ろしいねぇ」

「それに関しては、私も思うところがありますね……」

「……って、今日は一緒の小隊なのに、そんなこと言っていて大丈夫か？」

「そんなに気にする必要はないだろ！　公私混同はしないからさ」

「まぁ……そりゃそうだけどさ」

「ふふ……、別に私はあいつを嫌ってはいないよ。あのくらいギラギラしてるほうが、魔法使いを目指すならいいんだろうしね」

「そうだな。それには俺も賛成だ」

「ていうか、ほかに誰も立候補しないなんて、情けないよなー。特に男子」

そう。クラスメイトの大半は、最後まで手を上げることはなく、結局応募したのは俺たち六人だけ。しかも男子は俺と達也だけだった。

最近は女性の優秀な魔法使いも増えているようだが、あまりにも情けない結果だ。

「でも、そのお陰ですんなりと参加できたのですし、いいじゃないですか」

「そうだけど、立候補があれば達也と組まなくてもよかったわけだろ～？」

「……一体、どっちが本音なんだよ」

「さあ……どっちかねぇ……」

篠田が、こちらを見てにやりとする。

「とりあえず、篠田の性格が悪いのは分かったよ」

「ひどいなぁ……どっちも本音なのに」

「……って、そろそろ時間みたいだな」

そんな会話をしていると、教師たちの姿が現れる。

それに合わせるかのように、皆、無言で小隊ごとに整列を始めていた。

「とりあえず、今日はよろしくな」

「何かあったら、お互い助け合いましょう」

「ああ、こちらこそよろしく」

俺は綾野と篠田と別れ、志乃たちの姿を探した。

◇

出発前に今日の任務の説明があった。

イェグディエル西の地域にある「風の砦」に行くには、まずは森を抜ける必要がある。

森の中にはすでに多くの魔人が潜んでいるようだ。

俺たち学生に与えられた任務は、森に潜む魔人を撃退し、正規隊が風の砦へと向かう道を作ること。

そして、風の砦の前で待機し、正規隊の入砦のサポートをすること。

途中までは、六つの隊がそれぞれ固まって行動をし、中央の拠点からそれぞれが散る形で森の中に潜む魔人を殲滅《せんめつ》した。

俺たちは、風の砦の前を任されていた。

だが、森の入り口近くでは魔人の姿が見受けられたが、奥に進めば進むほど、不思議とその姿を見かけることが少なくなってきた。

「……なんだか、拍子抜けしちゃいますね、兄さん」

「確かに……。もっとすごい状況を想像してたのに……」

「まぁ、安全に越したことはないけどな」

若葉や志乃とそんな会話をしながら、俺たちは森の奥へと進んでいく。

木々の隙間から差し込む木漏れ日を感じる余裕があるほど、のどかな様子だ。

踏みしめるやわらかく育った下草が、小気味いい音を奏でる。

そのくらい辺りは静まり返っていた。

「いくら何でも不自然過ぎないか？」

さすがに違和感を抱いてしまう。

小さな川を渡り、緩い坂道を上っていく。

さらに十分程歩いた先に、煉瓦作りの重厚な建物が見えた。

おそらくここが、風の砦だろう。

「着いちゃい……ましたね」

志乃が呆気にとられたように言う。

「ああ、そうみたいだな」

その刹那、爆発音のようなものが聞こえた。

その音は一度、二度と続き、やがて収束した。

恐らくどこかで戦いが起きているのだろう。

その音はやがて別の方向からも聞こえてくるようになった。

「……これは？」

俺たちが、砦に着いた途端に発せられた音……普通なら気にするものではないのだろうが、昨日の魔人との一件を加味して考えると、どうにも最悪のパターンを考えてしまう。

「なんだか、嫌な予感がする……」

「やっぱり……？　翔太くんもそう思う？」

「兄さん……どうします？」

おそらく……これは罠だろう。明らかに俺たちのことを誘っているとしか思えない。

「とりあえず……しばらく様子を見よう」

俺たちは少し小高いところにある、灌木《かんぼく》の茂みに腰掛け、姿を隠した。

そして、扉を見下ろすことのできる位置で待機した。

すると……しばらくして小隊が姿を現す。

任務に従い、辺りの様子を注意深く観察するが、周りに魔人の気配は感じられなかった。

息を潜めて見守る中、六人で編成された正規の小隊が、俺たちの眼下の道を通り過ぎ、扉の中へと消えていった。

俺たちはそれを確認した後も、しばらくその場にとどまり続けた。

仮に彼らが魔人を倒すようなことがあれば、俺たちが出て行く必要もない。

そんな淡い期待があった。

だが、いつまで経っても、扉から小隊が戻ってくる気配は感じられなかった。

「兄さん……」

「翔太くん……これって、大丈夫なのかな？」

不安になったのか、志乃が俺に判断ができるはずのない質問を投げかけてくる。

「分からないけど……」

言い終わる前に、砦の中から爆発音のようなものが聞こえてくる。

「中で何かが起きているのは間違いないだろう」

「……行ってみますか？」

行くべきかどうか、俺は思考をめぐらせる。

明らかに罠であるこの状況……最悪の事態を考えざるを得ない。

「何やっているんだ、こんなところで」

茂みの中から聞き覚えのある声が聞こえる。

「達也……なんでここに居る⁉」

「もう、俺たちの任務は終わった。だから、様子を見に来たんだ」

そう、はっきりと告げる。

「一人で来たのか？」

「いや、こいつらも着いてくるって言うから、いるぞ」

その後ろには、綾野と篠田の姿があった。

「……どうやら、無事に任務は終了したようですね」

「いやー、歯ごたえがないというか、なんだかあっけなかったね」

話を聞くと、どうやら魔人の群れの攻撃を受けたようだが、大きな苦労をすることなく迎撃に成功したようだった。

ほかの隊も、すでに戦闘を終え、帰還を始めているようだ。

「で……今の状況はどうなってるんだ？」

「三十分ほど前に隊が入っていったが……まだ戻ってきていない」

「で、お前はここにいるのか？　呆れた腑抜《ふぬ》けぶりだな……」

「状況がよく分からない以上、うかつに行くのは危険だ」

「はぁっ⁉　俺は行くぞ……行って見ないと、分からないだろ？」

言うが先か、達也が風の砦の方へ向かって歩き始める。

「……兄さん。どうしますか？」

「仕方ない……一緒に行くぞ！」

砦の中は閑散としており、周りを見渡しても損傷などは見られなかった。

どうやら戦いは、この辺りでは起こっていないようだが……。

「……静かだな」

砦の中は、不気味なほどの静寂に包まれていた。

爆発音などよりも、この静けさは逆に恐ろしい想像を掻き立てられる。

「……勝手に来ちゃってよかったの⁉」

篠田が、おびえた表情を見せる。

「……とても、まずいと思いますけど」

綾野も、同じくおびえた様子で辺りを見渡していた。

薄暗い光景の中でしーんと静まり返った雰囲気が、重々しさに拍車をかけていた。

「お前たちは……危ないから残ってろよ」

この先……何が待っているか分からない。

覚悟なしに踏み込むのはいい結果を生まないだろう。

「砦の前で一人で待ってる方が、怖くて嫌だよぉ～」

「それはそうか……」

だが、この先へ行く方が遥かに危険だろう。

「……兄さん」

気付くと、俺の手を強く握りしめる感触を感じる。

若葉だった……。

ぎゅっと握りしめていた手には、じっとりとした汗の感触があった。

「若葉……大丈夫だ」

「うん……」

「……で、翔太くん、どうするの？　神条くん……行っちゃったよ」

志乃が、そう言いながら先の方へ指をさす。

達也は、すでにその先へと歩を進めている。

「とりあえず……達也を止めないと」

俺は、自分の考えの浅はかさを悔いた。

なぜ昨日のうちに、魔人が狙っているのは俺だという状況を皆に伝え……的確な対策を取れるよう動かなかったのかと……。

そうしていれば、少なくともこのような状況にはなっていなかったはずだ。

だが、そんなことを今考えていても仕方ない。まずは達也を止めないと。

そうしないと……取り返しのつかないことになる……！

急いで追いかけると、達也が大きな扉を目の前にして立ち止まっていた。

「どうやら、ここが怪しいみたいだ」

俺は扉の前で立ち止まり、達也と顔を見合わせた。

「達也……この先は危険だ。魔人がいるんだ！」

「そんなの当たり前だろ。この砦の中に、安全な場所なんてない。いまさら何を言ってるんだ？」

「そうじゃない。頼むから話を聞いてくれ」

「お前の腑《ふ》抜《ぬ》けた話は聞き飽きた。嫌ならついてくるな」

だが達也の手によって、扉はゆっくりと開かれてしまった。

「達也……！」

——中は暗闇に包まれていた。

しかし、扉を開けたと同時に左右の蜀台に火が灯《とも》り、少しずつ様子が見えてきた。

視線を下に向けると……いくつかの物体が床に置かれているのが分かった。

「……っ！」

それは、悠長に表現していいものではなかった。

先ほど入っていった小隊の人たちだ。

見るも無残な姿となり、散り散りに横たわっていた。

「ひどいっ……」

俺には、これ以上の表現ができなかった。

ほかのみんなも、衝撃で言葉が出ないようだった。

「ちょっと待て、何かいる！」

達也が、何者かの気配に気付いたようだ。

次の瞬間、その先から、うなり声が聞こえてきた。

地響きにも似た、おぞましい声が……。

「……一体、何なのよぉ！」

やがて、蜀台の火が奥へ奥へと延びていき、部屋全体がうっすらと光に包まれて全体を把握できるようになった。


「……遅かったナ……」

「何なんだ……」

そう言う達也の顔は、恐怖に満ちていた。

奥から姿を現したのは……先日の魔人だった。

蜀台からの光によって、その全体像が少しずつ浮かび上がってくる。

俺たちの倍近くはありそうな大きさ。

ゴツゴツと盛り上がった筋肉。

朱色に光る目が、薄暗い部屋の中で恐ろしさを際立たせていた。

「きゃぁぁあああっ！」

その姿に、女性たちが一斉に悲鳴を上げる。

入り口から魔人まではかなりの距離があるはずだ。

今すぐ……撤退の指示を出せば、もしかしたら間に合ったのかもしれない。

でも、痛いほど伝わってくるプレッシャーで、自らがその場に立ち尽くしていたということに気付くまで、実に数秒の間を要した。

皆、湧き上がる恐怖心に、後ずさりしそうになるのを懸命に堪えていた。

その姿を、魔人は面白そうに眺めている。

「やるしか……ない……」

今から、逃げるのは不可能だ。だとすれば、戦うしかない！

俺は、急いで剣を握りしめた。

それを見て、後ろで言葉を失っていた四人が我に返る。

そして、同じく武器を構え、戦闘態勢をとった。

「……二手に分かれて……攻撃を仕掛けるぞ！」

俺は、達也に小声でそう告げる。

「分かった」

達也も身をもって状況の深刻さを感じているのだろう。

素直に作戦を受け入れた。

ここは協力しないと、話にならない。

「来ないナら、こちらから行くゾ！」

だが、そんな俺たちの行動よりも一手早く……魔人が行動を起こした。

「みんな、散れっ！」

俺は、大声でそう叫ぶ。

その言葉に、それぞれが散り散りになった。

「一斉に攻撃を仕掛けるぞ！」

達也のその声に、各々が攻撃の魔法式を同時に展開した。

若葉による……雷の魔法が一直線に伸び、その後を追うようにして、神条の炎の魔法……篠田の氷の魔法、綾野の風の魔法と断続的に展開された。

そして、それらは次々と魔人に命中していった。

「やったか……？」

辺りが爆風に包まれる。

だが、その爆風が晴れたころ……そこには、立ち位置を一歩も動かさないまま、まるで何もなかったような涼しさで魔人が立っていた。

「そん……な」

「ナにか、したカ？」

魔法は、魔人の前に出現した闇の壁にあっさりと防がれてしまったのだ。

「まさカ……こんナものカ?」

「やはりか……」

達也が……冷静な表情でそうつぶやく。

昨日の件で、これくらいの結果は予想していたのだろう。

だが、その後ろに居る綾野と篠田は、そうはいかなかった。

目の前の出来事を受け入れられていない様子だ。

明らかに戦意を喪失していた……。

「志乃、若葉……ミシェルとそこの二人を頼む!」

俺は、魔人から視線を逸らさないまま、そう叫ぶ。

安全な場所に移動させないと……このままだと、格好の標的になってしまう。

「でも……それじゃ兄さんたちが」

「いいから早く!」

「コんどは、こっちカらいくゾ」

俺と魔人の声は、ほぼ同時だった。

その声に、魔人が一気にその距離を詰めてくる。

俺と達也は、そのスピードに戸惑いながらも、なんとか攻撃をかわす。
そして俺たちは、なるべく距離を取ろうと部屋の奥へと駆け出した。
「翔太……どうするつもりだ」
「どうもこうも……ないだろ⁉」
逃げる俺たちに、魔人が飛び掛かってくる。
振り下ろされた腕が、一瞬前まで俺たちがいた地面へと突き刺さる。
その瞬間、建物全体が大きく震えた。
なんて威力なんだ……。
あんなのを食らったら、ひとたまりもない。
それからは、ひたすら地獄のような時間が続く。
魔人の攻撃はすべてが圧倒的だった。
俺と達也は、隙を見つけて攻撃をしたが、ほぼダメージを与えることはできなかった。
なんとか相手の攻撃を必死にかわしてはいる。
しかし、「命中したら即死亡」するであろう緊張感から、急激に体力を奪われていく。
達也も、すでに肩で息をしている状態だ。
俺も……正直なところ、あと何発攻撃を避けられるか分からない。

はっきりいって、戦況は絶望的だった。

「たっ、達也……大丈夫か？」

「誰に向かって言ってるんだ。お前の方が、やばいんじゃないのか？」

この状況を続けていても、どうしようもない。

危険を冒してでも……――。

「一つ、思いついたことがあるんだ。乗ってみないか！」

「とりあえず、聞いてやる！」

俺は魔人へと聞かれないように、達也に小声で作戦を伝えた。

「そのための時間は俺が稼ぐ……。できるか？」

すると、達也が不思議そうな表情を浮かべ、こちらを見ている。

「そりゃ別に問題はないが、一体どういう……!?」

「……いいから……」

今、細かいことを説明している余裕はない。

ここで信じてもらえないなら、戦いは終わりだ。

「……分かった。信じるよ」

「……ありがとう」

俺と達也は、魔人の正面に向かって立った。

「マだ、諦めてないノか？」

「当たり前だろ……！」

俺は、魔人に対して火の魔法補具《マギスト》を投げつけた。

次の瞬間、俺と魔人の間に火柱が巻き起こる。

「ダから、そんナのは効かないゾ」

そんなことは百も承知だ。

今のは目くらましだ。

事実、魔人の足下にも届いてない位置で発動させている。

俺は、明後日《あさって》の方向へと走り出した。

そして、もう一つの魔法補具《マギスト》を取り出し、思い切り投げつけた。

「ムダ、ムダ、ムダ、ムダ――!!」

魔人は俺に視線を向けたまま、それを避けようともしない。

やったね！

「ナんダ……コれは！」

魔人の足下をめがけて投げられた魔法補具《マギスト》からは、強烈な冷気が発せられた。

そして魔人の足は氷漬けとなり、身動きが取れない状態となった。

「達也……頼んだ！」

そう言いながら、俺は最後の魔法補具《マギスト》を自らの足下に投げつけた。

「任せろっ！　双龍炎！」

その声に炎が巻き起こり双頭の炎の龍と姿を変える。

それは、うなり声をあげているかのような轟音と共にターゲットへと直進していく。

「……フざけるナ！」

魔人はその意外な攻撃に、怒りを覚えたようだ。

だが、その攻撃の狙いは魔人ではなかった。

達也の魔法が発動している間に、俺の体は風の魔法補具《マギスト》の力を借りて魔人のはるか上へと舞い上がっていた。

そして達也の魔法は……魔人にではなく、俺へと一直線に向かっていた。

「ありがとな、達也――!!」

そう言いながら、達也の魔法を剣で受けとめる。

すると、双頭の炎の龍を吸い込み……剣が赤色に光り出した。

これが、この剣の第二の能力……魔法剣だ！

「はぁぁっ！」

俺は、渾身の力を振り絞り剣を振り下ろした。
魔法剣から放たれた、夥しい量の炎の渦が、剣を伝って魔人の前で爆発する。
激しい爆音と炎が辺りを包み込む。
その威力は……俺の想像を大きく超えるものだった。
俺の剣戟と……達也の魔法の威力を吸い込んだ渾身の一撃。
それは魔人に命中した、はずだった。
しかし……。

――カラン。

静まり返った部屋の中に、金属音が響く。
俺たちは渾身の攻撃の結末を……むなしい音と共に知ることとなる。
俺の剣は真っ二つに折れ……そして。

「俺にはそンな攻撃なんて通じなイ……。頭ガ悪いのカ？」

目の前には……無傷のまま、立ち尽くす魔人の姿があった。

「嘘……だろ？」

俺は攻撃の反動で吹き飛ばされ、そのまま地面へと倒れ込む。

今の攻撃は、そんな生やさしいものではなかった。

通常の魔法だけではなく、それを技と呼べるものにまで昇華させた、俺たちの最後の攻撃。

だがその答え……俺たちと魔人との力の差が、今、目の前で無残にも明示された。

まさか……これでも通用しないのか……。

視線を上げると……魔人が目の前まで来ていた。

「フん……こんナものカ……」

魔人は、両腕を同時に大きく振り上げる。

この光景を……俺は黙って見上げ続けていた。

……殺される。

だが、ここでこの攻撃をかわしたとして、一体何の意味があるのか。

達也は絶望の表情を浮かべ、言葉すら発することの出来ない状態。

志乃と若葉は、篠田と綾野を安全なところへと避難させていた。

そして俺は、唯一の武器を失い、相手との力の差を嫌というほど思い知らされた状況で、こうして魔人の前にいた。

ここからどうやって、この魔人を倒せというのか……。

目の前が真っ暗になる。恐らく魔人が生み出した闇の瘴気によるのだろう。

「コれで、終わりダ！」

「くっ……！」

俺は、覚悟を決めた……。

だが……。

「しょーた！」

絶望に苛まれた俺の耳に、一人の少女の声が聞こえてきた。

「……なんだ？」

その声に、勇気を出して瞳を開けると……だんだんと暗闇が晴れてくる。

いや……暗闇が一点に集まり始めているのか？

「……なンだ？」

闇が集まる先にいたのは、ミシェルだった。

ミシェルは宙に浮いた状態で、闇のオーラのようなものを右手に集中させていた。

闇の炎は右手を中心に凝縮されているようだった。

それは、その小さな手を包み込むようにして、一つの塊となって安定した。

炎にあおられるようにして、ミシェルの長いスカートが揺れている。

その幼い見た目とは不釣り合いの神秘的な光景。

それを……俺たちは固唾を飲んで見守るしかなかった。


「消えて……‼」


その声に反応するかのように、ミシェルの右手から闇の炎が生み出された。

ありえない量の黒光りするその炎は、低い音と共に一直線に魔人へと向かって伸びる。

「……あれは、いったい」

その炎の渦は一瞬にして魔人を包み込んだ。

そして、そのまま天高く炎の柱のようになりながら勢いを増していく。

その闇の光は、先ほどの魔人が発していたものとは違い、どこか温かみを感じた。

闇のオーラを纏いながらも、魔人とは明らかに異質の力を、ミシェルは行使しているようだった。

「アァァァァアアアアアァッ！」

少し遅れて、今までとはまったく異質の魔人の叫びが聞こえてきた。

断末魔の叫びとは、こういうものなのかもしれない。

闇の炎は、魔人が焼き尽くされるまで、その炎を絶やすことなく燃え続けた……。

砦《とりで》全体が、静かに揺れるのを感じながら……。

やがて闇が晴れた頃……その場にいたはずの魔人の姿は、跡形もなく消え失せていた。

「一体……何が……あったんだ?」

達也は、突然の出来事に目を疑っていた。

「ミシェルがやった……のか?」

俺たちは、傷ついた体を引きずりながら、ふわふわと地上へ降りてくるミシェルの元へと駆け寄った。

ミシェルを受けとめたが、何も反応はなかった。

意識を失っているようだ。

それからしばらくすると、吐息が聞こえてきた。

「よかった……平気みたいだ……な……」

俺は、安心感に包まれると、ミシェルを抱きかかえたまま意識を失ってしまった。

◇

そこからのことは、あまり覚えていない。

意識が戻った後、その後にやって来た別の小隊の人たちによって救護され、学園へと送り届けられたことは聞かされた。

とりあえず、皆、怪我は負いながらも命に別状はなかったようだ。

しかし、学園に戻った後、勝手な行動を取ったことを散々教師に怒られた。

そんな中、俺は終始上の空で、何を言われたかまったく覚えていなかった。

学園からは、当然のように事情説明を求められた。

だが、あの状況を説明しろと言われても、目の前に起きたことが果たして事実なのか信じられないような状況では説明は出来ず、結局のところ今日は解散となった。

俺はミシェルを背負い、帰路につきながら一つの事実だけが気になっていた。

俺たちは魔人に対してあまりにも無力だ……。

それなのに世界を救うためにそんな化け物と戦っていくという、俺たちに与えられた無理難題を恨み……。

「……うぅっ」

俺の背中で眠る、ただ一つの希望を背負いながら。

「しょー……た……」

この先どうするべきなのか……先の見えない未来への決断を迫られていることを強く感じるのだった。

「ただいま……」

自宅に戻ると、母さんは部屋の灯りもつけずにじっとしていた。

「どうしたの⁉　その格好は⁉」

俺たちの姿を見て、母さんは驚きを隠せなかったようだ。

服はあちこちが破れ、全身には大小さまざまな切り傷を浮かべているのだから……。

「何とか帰って来れたよ……」

俺は、疲れ果てて眠っている若葉を、ソファーへと運ぶ。

緊張の糸が切れてしまったのだろう……。

「……やっぱりまだ早いのよ。あなたたちは、まだ学生なんだから……」

「そうかもね……」

今回ばかりは、何も言い訳することができなかった。

「……何があったの？」

「ああ……」

俺は、起きたことをかいつまんで説明した。

任務自体には、大きな危険はないはずだった。

俺たちはあくまでもサポートだったのだから……。

だから、俺たちが仮に魔人と戦うことになったとしても、ほかの隊員の手助けの中でのものになると思っていた。

しかし、敵のレベルは想像を絶していた。

そして、敵は明らかに俺がいる隊に狙いを定めていた。

やはり先日の神託の一件……魔女が絡んでいることは明らかだった。

「つまり……翔太の命を狙うために、仕組まれたものだってこと？」

「おそらく、間違いないと思う」

テーブルに座り、母さんが出してくれたホットミルクを飲む。

「で……、これからどうするつもりなの？」

結局、前にきちんと話そうと思いながら、その話が出来ていなかった。

だが俺は、今日の出来事を体験して……決意を固めていた。

「旅に、出ようと思う」

俺は、静かにではあるが、はっきりと告げた。

魔女たちが俺の命を狙っているのなら、俺がこの島にいることだけで、周囲を巻き込んでしまうだろう。

再び魔女たちの襲撃にあうことは間違いない。

そして……魔人に対して、俺たちはあまりに無力だ。

だが裏を返せば、俺さえいなくなれば少なくともこの島は……学園の皆や母さんたちが危険にさらされることはないだろう。

であれば、出す結論は一つしかない。

悠長なことを言っていられない状況だということを実感した。

もう迷っていられない。

「そんなの無茶に決まってるじゃない！」

母さんが、テーブルを叩いた。

滅多に見ない、怒りに満ちた表情を浮かべていた。

「そんなの……犠牲になるために……死にに行くようなものじゃない！　親として、そんなことをさせるわけにはいかないわよ！」

「そうじゃないよ。もちろん危険だけど……嫌々旅立つわけじゃない」

「どういうこと……!?」

「俺だって、完全に神託を信じているわけでもないし、それこそ世界を救うなんてできるとは思っていない。でも……ずっと親父と比較されて、落ちこぼれって言われ続けて来た俺にも何かできることがあるんだって……、しかもそれが世界を救う可能性を秘めたことだって言われたら、いてもたってもいられないんだ」

俺の気持ちは、もう変わらなかった。

「できるかどうかは分からないけど、それに挑戦してみたい！」

「でも……まだ、あなたは子どもなんだし……」

「親父だって、俺と同い年の時に魔女を倒したんだろ？　年齢《とし》は関係ないよ」

「……状況が違いすぎるわよ。勇治さんには、多くのサポートがあった、信頼できる六人の仲間がいた。でも、翔太には……」

「だから、その《仲間》を集めに行くんだよ。そのためにも旅に出るしかないんだ」

「そうだけど……、ほら……向こうから、来てくれるかもしれないし」

「それは望みが薄いよ……。それに俺には、あいつがいる」

俺は、若葉の横で同じく寝ているミシェルの方を見た。

ミシェルも疲れたのだろう。待ちきれずに眠ってしまったようだ。

「神託の鍵を握っているあいつがいるってことは……俺には、ほかの皆とは違う役目があるんだと思う」

「そんなに単純に信じていいの？」

「でも、それを確かめる手段はないから。今の状況を信じて立ち向かうしかないんだよ」

もう運命の歯車は回り始めている。

「あーもう、ああいえばこう言うんだから」

母さんの気持ちは十分に理解している。

俺だって、母さんに心配をかけたくない。

女手だけでここまで育ててくれた、何ものにも代えがたい存在なんだから……。

「俺のワガママだって言うのは分かっている。でも、待っていても状況は変わらない。なら、やって後悔した方がいいだろ」

分かってほしい。母さんを守るためでもあるんだ。

「で……、それはもう若葉と志乃ちゃんに話したの？　二人にだって関係あることでしょ？」

「いや、この旅には一人で行くよ」

俺は最初から決めていた。

この旅には一人で行くと……、この旅には謎が多すぎる。

そんな危険な旅に、若葉や志乃を巻き込みたくはなかった。

「でも……若葉たちだって、その鍵の候補なんでしょ!?」

「ミシェルの話を信じれば一人は確実に違うんだ。そんな不確定な状況で巻き込むわけには行かない」

「まだ、二人は知らないんでしょう」

「言ったら一緒に行くって言うに決まってる。だから……言わない」

「翔太……」

「大丈夫、すぐには死なないから」

少しだが勝算はある。

どうやら向こうはすぐに俺を殺せない理由があるように感じられる。

それを利用すれば、少しはチャンスがあるかもしれない。

「二人は、魔女討伐の可能性が見えてきたら、改めてその時に迎えに来るよ」

魔女たちの狙いはまずは俺にあるようだし……。

若葉たちを置いていくのも危険が伴う決断だろう。

でも俺には、これしか思いつかなかった。

「……そうやって、一人で背負い込まなくても……」

「もう、決めたことなんだ。自分勝手でごめん」

俺は、深々と頭を下げる。

「あの人そっくりね……ほんと、嫌になっちゃう」

俺の表情から何かを悟ったのか、母さんはそれ以上何も言わなかった。

「そんな親父と結婚した母さんなら、分かってくれるんじゃゃないか？」

「はいはい。もう、行くなと言っても聞かないんでしょう？」

「……ありがとう」

母さんは、俺の顔をしばらく見た後、おもむろに立ち上がると、タンスの方へと移動した。

「翔太……これを持っていきなさい」

差し出されたのは、一つの指輪だった。

二十年前の魔女神判の後、新魔法理論の確立と共に使用されることがなくなったもの。

「もしかして、これは……」

「そう……、あの人が使っていたものよ」

俺の親父……《1／7の魔法使い》だった、一条勇治が使っていた指輪。

「これを……俺に？　でも、これは……」

これが俺の想像するものなのだとすれば、使い道はないはずだが……。

「それに……魔法式を乗せてみなさい」

「でも、俺は魔法が……」

「いいから、早く」

母さんの声に、俺は指輪をはめ、魔法式を描く。

「これ……は？」

次の瞬間、手に、何かずっしりとした重みを感じる物が現れた。

気付くと、俺の右手は一本の剣を握りしめていた。

「母さん、これは一体？」

「勇治さんが言っていたのよ。何かあったら、これを翔太に渡してくれって」

「親父が……!?」

俺は剣へと意識を移す。

無骨で何の飾りもないシンプルな剣だ。

つばの部分に不思議な穴がいくつか空いているが、それ以外には目立ったところはない。

「もしかしたら……勇治さん、こうなることを悟っていたのかもね」

「どうだろうな……」

「握り心地は……どう？」

「ああ……悪くないよ」

剣を握りながら、不思議な感覚にとらわれる。

初めてなのに、長年の相棒であるかのように手に吸い付く感触……手にフィットする心地よい重み。

「使うか使わないかは、あなたに任せるわ」

親父の剣を使うということに抵抗を感じないといったら、確かに嘘になる。

「いや、使ってみるよ。ありがとう」

俺は、再び魔法式を描く。

すると、剣は指輪の中へと吸い込まれるようにして消えてしまった。

「健闘を祈るわね……」

母さんが、涙ぐんだ表情を見せる。

「……泣かないようにしていたのに。ごめんなさい。翔太、お母さん……ね……」

「母さん……」

そのまま、抱きしめられた。

懐かしい……温かい感触。

「……で、いつ行くの？」

「早いほうがいい。明日の夜にしようと思っている」

「そう……。じゃあ、急いで準備しないとね」

母さんが俺から離れ、何やら荷造りの道具を取り出す。

「そんな急がなくても……」

「こういうのはさっさと済ませないと。それに……時間を置いたら、決心が鈍っちゃうかもしれないじゃない？」

「……ごめん」

荷造りを始める母さんを背に、俺は小さい声でそうつぶやく。

すると、足元に妙な感触を感じる。

「しょうた、ずるい。ミシェルもー」

感触の正体はミシェルだった。

「はいはい。寝ていたんじゃないのか？」

俺はミシェルを抱き上げる。

「ばっちり起きてたお。しょーた、おでかけの準備をするお！」

寝ぼけまなこをこすりながら、ミシェルがそう言った。

「悪いな……お前を巻き込んじゃって」

「おっけーべいびー」

ミシェルが屈託のない笑顔を浮かべる。

俺なんかよりもよっぽど肝が据わっているのか、事の重大さを理解していないのか……。

どちらにせよ、あまりに場違いな答えに思わず笑みがこぼれてしまう。

「ありがとな、ミシェル」

「どういたしまして！」


結局、あまり眠れないままに次の日の朝を迎えてしまった。

荷造りは昨夜のうちにすべて終え、後は旅立つばかりという状況だ。

結局、若葉や志乃の二人とは顔を合わせていない。

会うと、決意が揺らいでしまう気がするから……。

そして何よりも……自らの考えが正しいのかどうか、実際のところはまだ結論を導き出せずにいたから。

だけど、いま自分ができる最善の決断をしたと信じている。

あくまでも、現時点での向こうの狙いは俺一人なのだ。

なら、このイェグディウールにおいても、志乃と若葉においても、両方に迷惑をかけないためには、これが一番なのだ。

あとは自らの頑張りで、どうにかするだけだ。

ほかの鍵の存在を見つけ、胸を張って二人のことを迎えに来ればいい。

そうすれば、今のこの行動がいずれ正しかったということができるのだから。

自らの道は自らで切り開くしかないんだ。

【第五章】旅立ち……そして、魔人ルシとの死闘！

夜になり、いよいよ出発の時が近づく。

「準備はできた？　忘れ物は？」

「大丈夫だよ。そもそも、忘れて困るような物なんて持っていかないし」

旅への持ち物なんて、お金と着替えとか必要最小限な物で十分だ。

ほかに必要になった物があれば、現地で調達すればいいし……。

「本当に？　ああ……なんだか不安……。もう一度鞄を見せて！」

「だから、平気だって！　それに、あまり大きな声を出すと……若葉が気付いちゃうだろ？」

「……そうだったわね」

若葉は二階にいるから平気だとは思うけど、気付かれたら大変なことになる。

「あれ、ミシェルは？」

「おかしいわね。さっきまでいたのに」

すると、奥から階段を下りる音が聞こえてきた。

その音に身構えるが、姿を現したのはははミシェルだった。

「なんだよ、驚かすなよ……」

「どうしたんだお？」

「お前を探していたんだよ。そろそろ行くぞ」

「あい、だおー」

ミシェルも、もう準備は出来ているようだ。

「もう、行っちゃうの？」

「ああ。最終便の時間がそろそろだからな」

目的地のガブリーヌに向け、まずは地上連絡航《グランポート》を利用する。

浮遊島間での直接移動は出来ないため、一度地上へと降り、ガブリーヌ近くで再び浮遊島連絡航《クラウドポート》に乗って移動をする。

浮遊島間での交流は基本的にない。

そのため、その手段が正しいのかすら不明だが、行ってみるしかない。

神官にもらった紹介状があるし、無下《むげ》に扱われることはないだろう。

「本当に、平気かしら？　あ、そうだ。お弁当作ったんだけど……」

「いいからいいから！　時間がないんだってば！」

わが家のお袋の味は、危険物注意の帯を付けておかないと死人が出るレベルだ。

ここでいきなり旅を終わりにしないためにも、断るのが一番だ。

「そう？　残念……」

「じゃあ、行ってきます！」

俺は、挨拶しながら家の中を見つめた。

何気ない……慣れ親しんだいつもの光景に、なぜだか少し感傷的な気分になってしまう。

生まれてからずっと過ごしていた場所なんだ。思い入れがないわけがない。

「しょーた？　どうしたの？」

気付くと、ミシェルが不思議そうな顔で、俺の服を引っ張っていた。

「ああ、ごめんごめん。じゃあ、行こうか」

俺は家に背を向け、一歩を踏み出す。

「母さん……、行ってきます！」

◇

家を出て、俺とミシェルはイエグディウールの町並みを歩く。

ここから地上連絡航《グランポート》までは、歩いて三十分程度らしい。

俺は島から出たことがない。

もちろん地上に降りたことなどあるわけがなく、街外れの地上連絡航《グランポート》への住所を伝えられた時にも正直ピンとこなかった。

夜風を感じながら、ゆっくりと歩く。

街の人たちが、世間話に花を咲かせながら、俺たちの横を通り過ぎていく。

そんな中、こんな夜に郊外へと向かって歩いているのは俺たちくらいだろう。

世界を救う旅としては、あまりに寂しい始まり。

だが、今は何を言っても仕方ない。

結果を出して堂々と凱旋すればいいだけだ。

しばらく歩くと、周りからほとんど建物はなくなり、辺り一体が草原のみとなる。

その先の明かりが見える場所。あそこが目的地だ。

「しょーた、つかれたお」

「もうちょっとだからな」

恐らく、あの距離なら十分もかからないだろう。

普段なら眠っていてもおかしくない時間だからな……。

先ほどからミシェルは、うつらうつらとした表情だ。

「おんぶしてやろうか？」

「だいじょうぶ……だお」

その様子からはそうは見えない……夜遅くの移動は控えないといけないな。

そう思いながら歩を進めていると、道の先に人影のようなものを見つける。

こんなところに……一体誰だろうか？

「って、お前は……!?」

「おや、これはこれは……」

目の前に現れたのは……《ルシ》だった。

先日、魔女が現れた時に、後ろにいた魔人だ。

「こんなところで、何をされているのですか？」

「……何を言っているんだよ。おまえこそ、ここで待ち伏せしていたんだろ！」

「心外ですね……」

ルシの顔は笑っていない。

「で、何の用だ？」

「あなた方を、殺しに来ました」

ルシの表情がさらに険しいものへと変わる。

「いいのか？　この間はそういう雰囲気じゃなかったみたいだが……」

「まぁ……いささか状況が変わりまして」

「それは、魔女の命令なのか？」

「いいえ……。まあ、不慮の事故で死んだとでも伝えておきますから、問題ないでしょう」

「そんな適当でいいのか？」

「あの方の本心は私にも分かりかねますが……楽しみの一つが減るくらいでしょうし、別に構わないでしょう」

「そうか……」

やはり……魔人というのは想像以上に好戦的な性格のようだ。

そして、俺を本気で殺しに来るのなら、今の、何の準備もない状況を狙うのが正しい。

今すぐにでも逃げ出したいが、それはできない。

そうすれば、狙いが若葉たちに移ってしまう。

俺は、右手を横へと突き出し、ミシェルへと合図を送る。

「ミシェル……下がってろ」

「あい！」

その声に、ミシェルが近くの木の後ろへと隠れようとする。

それを横目で確認し……俺はすぐに臨戦態勢に入った。

「はぁっ……！」

俺は、あの剣を使うことにした。

意識を集中させ魔法式を描こうとしたが、それをさせないとばかりに、ルシが大きな羽を羽ばたかせる。

「……っ！」

突然の突風に、思わず目を閉じてしまう。

次の瞬間、ドスン……という音が聞こえ、目を開ける。

すると、ミシェルが木の下で倒れていた。

どうやら先ほどの風で吹き飛ばされたようだ。

「ミシェルに、何をするんだ⁉」

「これからの戦いに、その子がいると……少々面倒なので」

それで……俺はルシの行動の意味を知る。

先ほどの風は、明らかに俺ではなくミシェルに向けられていたというのか？

「もしかして、この間の魔人は……お前の差し金か」

「よくお分かりで」

何かしら、先日の一件の報告を受けているなら、このルシの行動は理解できる。

「軽いご挨拶くらいのつもりだったのですが、まさか倒されてしまうとは思いませんでした」

「明らかに俺たちの命を狙いにきてたけどな」

「それはそれは……。私の部下が失礼を。お詫び申し上げます」

「で、今日は部下の尻拭《しりぬぐ》いというわけか」

「先に言っておきますが、本当にあなた方の命を狙うつもりはなかったんですよ。ほんの昨日までは、ですが……」

言いながら……ルシが右手に力を込める。

「私は臆病な性格でして、不確定要素のある存在は、できるだけ排除したいのですよ。その意味が分かりますか？」

「つまり……ミシェルが怖いってことか？」

「よくお分かりで……」

「そりゃ、無防備な子供を狙い撃ちするくらいだ。少し考えれば分かる」

「では、あなたにはついでのようで申し訳ないのですが、ここで死んでもらいます！」

「御託《ごたく》はいいから、さっさとかかって来いよ！」

俺は、魔法補具《マギスト》でルシを攻撃した。

ルシの足元で破裂した魔法補具《マギスト》から、火柱が生み出された。

だが、ルシはそれをかわす様子すら見せなかった。

「そんなものが、この私に通じるとでも思いましたか？」

「……だよな」

ルシは、まるで何も起きなかったかのように、その場に立っていた。

別に通じるとは思っていないが、この魔法補具《マギスト》は俺が持っている中でも一番威力のあるものだった。

これが通じないと言うことは、ほかも難しいということだろう。

「もしかして、それが奥の手ですか？」

「そんなわけないだろ！」

一瞬のスキをついて、指輪へと意識を集中させることに成功した。

「……人間ってのはな～、あきらめが悪いんだよ！」

俺は、ルシに向かってまっすぐに剣を構えた。

正直、どこまで使えるのかは分からないが、今はこれしか対策がない。

「ふんっ……、苦しまずに死ねると思わないでくださいね！」

瞬間、空が薄暗い雲に包まれ始めた。

「剣には剣で、お相手しましょう……」

地鳴りのような音の後……雷光が走る。

「……っ!?」

雷がルシの元へ落ち、さらに強く輝いた。

何が起きたのか理解できないでいた……が、次の瞬間、俺はその意味を知ることとなる。

ルシの右手に落ちた雷が……剣のような形となり、帯電していた。

「これで……お相手しましょう」

「……マジで？」

その雷の剣は、俺の体よりもはるかに大きい。

そもそも、あんな大きくて強そうな剣が、この剣で受け止められるのか？

「さあ、始めましょうか」

「やるしか……ないか……」

俺は、魔法補具《マギスト》を地面に向かって投げつけた。

その次の瞬間、雷が俺の頭上を目掛けて落ちてくる。

「ははっ。勝てないと思って、自爆ですか？」

「……同じ雷ってのがしゃくだけどな……」

俺は意識を集中し、雷を自らの体内に取り込む。

「雷化装填《らいかそうてん》！」

その声に合わせて、俺の周りに雷が帯電される。

そして俺は沈み込んだ体勢を取り、地面を這うような低い姿勢で突き進む。

「……なっ⁉」

その動きに、ルシが驚きの表情を見せた。

当たり前だ……先ほどまでとは比べ物にならないスピードなのだから…。

「はぁっ！」

「くっ……」

俺の放った剣戟《けんげき》に、ルシはギリギリ反応した。

受け止められたその瞬間、激しい火花が散る。

俺はルシに反撃の隙を与えないよう、体を左右にひねって連撃を加える。

ほとんど受け止められてしまうが、いくつかは確実にヒットしている。

「ありえない速度ですね……」

《雷化装填》……体に雷を付加して、反応速度を著しく上昇させる技だ。

この技は、スピードに特化しているというシンプルな技だけに、相手から見ればそのスピードを上回るということでしか有効な対処法がない。

これは俺が愛用している技の一つだ。

唯一引っかかるのが、親父も得意としていた技の一つらしいということだが……魔法が使えない俺にとって、身体強化は一番手っ取り早い。

「でも……パワーはあまり変わりませんね」

それは、俺も懸念していたことだった。

分かってはいたが、いざ使ってみると、実感してしまう。

俺は先ほどから、ルシに何発かクリーンヒットを与えている。

だが、ルシには攻撃でダメージを負っている様子がまったくないのだ……。

「なら……手数で補うだけだ！」

言いながら、俺はルシとの距離を再び詰める。

超高速での連撃、ルシの反応速度を超えた攻撃に……周囲には黄金色の火花が舞い散り、衝撃音が辺り一体を突き抜けていく。

だが……ルシは涼しい顔をしていた。

もっと……もっと速度を……。

まだだ、俺の力はまだこんなもんじゃないはずだ！

俺は雷のエネルギーをさらに開放し、速度を上げて剣を振り続ける。

と、次の瞬間、今まで無表情だったルシが笑みを浮かべる。

「……しまった！」

気付いた時には、もう遅かった。

――俺の周りに帯電していた雷のほとんどが霧散していた。

「……まずい！」

俺は急いで距離をとろうとした。

しかし、すでに雷化装填は、その効力のほとんどを失っていた。

俺のスピードの優位性は、すでに失われていた。

「遅いっ！」

ルシが鋭い一撃を放つ！

なんとかそれは間一髪でかわしたが、俺は大きくバランスを崩してしまった。

「……いてっ」

結果、地面に尻もちをつく形となる。

「終わりですね……」

視線を上げると、目の前にルシが立ちはだかっていた。

ルシが、大きく振りかぶって雷の剣を振り下ろそうとする。

俺は、どうすることもできずにその光景を見て呆然としていた。

「……っ！」

ダメだ……避けられない……。

ここで……終わりか、ずいぶんと短い冒険だったな。

体は動かない、魔法も使えない、助けてくれる仲間もいない。

ルシの攻撃を避けることは不可能だ。

意気込んで出てきたのに、島から出ることすら出来ないなんて……。

俺は目を閉じ、覚悟を決めた……。

ガキン――

その刹那、金属がぶつかり合う音が聞こえる。

どういうことだ？　ここには……俺しかいないはずだ……。

「まったく……情けないわね！」

その声にハッとして目を開けると、すぐ目の前で志乃がルシの雷の剣を受け止めていた。

「志乃……⁉　なんでここに⁉」

「それはこっちの台詞よ。勇み足で勝手にピンチになってんじゃないわよ！　笑い話にもならないっての！」

「いや……それは……」

「話は後よ……。はぁっ！」

志乃は、力任せにルシの剣を押し返した。

「まずは……こいつを片付けないと！」

志乃が再び剣を構え、ルシへと向かい合う。

「おやおや……この間のお嬢さんではないですか」

「魔女の命令で、私たちに手を出さないんじゃなかったの？」

「はて……そんな約束をした覚えはありませんが」

ルシが嫌みったらしいニヤリ顔でこちらを見てくる。

明らかに挑発している。

「はぁ……魔人ってのは、なんでこう……脳みそが筋肉バカばっかりなのかしら……」

俺も、再び剣を構えて志乃の横へと並ぶ。

「で、どうするのよ？」

志乃から小声で話しかけられる。

この状況、仮に二体一になったとしても、当然こちら側の部が悪い。

もともとの力が違い過ぎる。

「どうするって言われても……」

「……何もないの？　情けないわね」

「あるにはある……ような、ないような……」

「何よ、煮え切らないわね」

「……と言われても、こんなすぐに襲われるとは想定してなかったんだよ」

「ずいぶんと甘い想定だこと」

「作戦会議ですか？　よければ後ろでも向いていましょうか？」

ルシは、志乃が現れたことをまったく問題にしていない。

「お前には……あるのか？」

「あるわよ。翔太くんみたいに単細胞じゃないからね！　あそこ……」

志乃が、相手に悟られないように視線を誘導する。

その指し示す方向……、ルシの右斜め後ろに人影を見つけた。

……あれは……若葉⁉

「……しーっ！」

思わず声を上げようとしてしまいそうな俺を、若葉が口元に指を立て制止する。

どうやら……ルシは気付いていない。

若葉は、何かの……ジェスチャーを送ってきている。

……つまり、魔法式を完成させる時間稼ぎをすればいいということか……。

「志乃……」

「ようやく分かった？」

「ああ、行くぞ……‼」

俺たちは、ルシの注意を引くためにそれぞれに散った。

「……はぁっ！」

俺は改めて魔法補具《マギスト》の力で雷化装填する。

そして、加速した状態でルシに切りかかった。

「それは、もう見切りました！」

ルシは、余裕を持って俺の攻撃をかわす。

そして、追撃の一手とばかりに雷の剣を振り下ろす。

「させないわよ！」

その攻撃を、志乃が受け止めた。

もともと先ほどの攻撃が当たるとは思っていない。

相手の油断を誘うことが目的だった。

「くらえっ！」

その隙を突き、俺はルシの背後から切りかかった。

「ぐわっ……！」

見事にヒットしたが、その攻撃も致命傷を与えてはいないようだ。

「……っ！」

俺は、若葉の方へと視線を送る。

だが、まだ魔法式の詠唱は終っていないようだ。

「よそ見している暇なんてありませんよ！」

今度はルシからの連続攻撃だ……が、雷化装填のお陰でギリギリかわすことができた。

「ちょろちょろと……目障りですね！」

そのまま、再び三者での見合いとなる。

こちらの攻撃による向こうのダメージは、ほとんどなし。

それに対して、向こうの攻撃を一発でも受けたら、こちらは即死だろうという状況。

このまま何の策もなく戦いを続けても、いい結果にはならない……。

俺は……剣を地面へと突き立て、その上に手を乗せる。

「なぁ……魔女討伐は諦めるから許してくれって言ったら、見逃してくれるか？」

「命乞いですか？　そうですね……未来永劫《みらいえいごう》……我々の邪魔をしないというなら、特別に見逃してあげてもいいですよ」

「本当か？」

「まあ、魔女様のご判断によりますが……」

「冗談だよ！　本気で見逃したりしないだろ……お前たちは……」

「どちらがお好みですか？　それ次第で決めてあげますよ！」

「ふんっ……、もういいから一気にやってくれよ」

剣の上に手を置いたまま、俺は目を閉じ……祈りを捧げる。

「諦めたなら、手間が省けて助かります。では！」

そう言いながら、奥の方をチラッと見る。

すると、若葉から魔法式が完成したという合図が送られていた。

よし、勝負できる！

俺は、再びルシに対して顔を向けた。

「人間っていうのは、しぶとい生き物なのさ！　いいのか？　そんなに悠長にしていて」

「どういうことです？」

「油断し過ぎだ！　そろそろ気付けよな！」

その言葉をきっかけに、空に描かれた巨大な構成式に魔力が吹き込まれる。

「……これは⁉」

ルシは、ようやく置かれた状況を理解した。

そして、力の元へと振り返り、若葉の存在に気付く。


「……裁《さば》きの雷鳥《らいちょう》————‼」


次の瞬間……若葉の手から黄金色に輝く、美しい姿をした雷の鳥が出現した。

「……行きなさい！」

その声に、雷の鳥がルシへと向かっていく。

光が、まぶたの裏に瞬《まばた》いた……。

魔法式によって発生した雷の鳥は、高熱と衝撃波の渦を描きながらルシへと直撃した。

一瞬の無音の後、遅れて届いてくる耳を貫くような轟音。

「決まったの⁉」

志乃が、固唾を飲んで見守る。

爆風による砂塵で、状況をつかむことがまったくできない。

あれは若葉の使う魔法の中で、最大の威力を誇るものだ。

これが通用しないとなると……今度こそ本当にお手上げだ。

「……どう……です」

若葉は肩で息をしながら、攻撃の先を見つめていた。

これだけ強力な魔法を行使すれば、息が上がるのも当然だろう
「甘い……！」

どうやら致命傷にはなっていないようだ。

「油断……⁉　余裕というものですよ。私が、彼女の存在に気付いていないとでも思っていましたか？」

砂塵の中に、立たずんでいる影……。

そこには、傷を負いながらも、しっかりとした様子のルシがいた。

「嘘……でしょ」

「……そんな」

「私もバカではありません。あなたたちの様子から、何か狙いがあるのではと感じていましたよ」

一歩一歩、静かに……ルシが若葉の方へと歩を進めている。

「大人しく隠れていればよかったものを……さすがの私も怒りましたよ」

ルシに握られた雷の剣が、力を増し始めたのが分かる。

明らかに何段階か違っている……本気でとどめを刺すつもりだ。

「恨むならでき損ないの兄を恨むのですね。あなたの魔法は完璧でしたよ。あれをまともに食らったら、この私でも危なかったでしょうね。もっとも、当たらなければどうということもないですが」

ルシは若葉の目の前に立った。

若葉は震えて身動きが取れず、その場に立ち尽くしていた。

「これで……終わりです！」

ルシが、若葉に向かって剣を振り上げる。

「ふんっ！　やっぱりお前はバカだよ……」

「何っ⁉……どういうことです？」

「あっかんベー、なんです！」

若葉は、ルシに向かって言葉通りのポーズをとる。

「囮《おとり》は、若葉の方なんだよ！」

俺は地面に突き立てた剣を引き抜き、集中していた意識を一気に開放する。

俺の体の中から伝わる魔法力が少しずつ満ちていき、体が光に包まれた。

その力を、俺は剣へと集める。

すると剣は眩《まぶ》しい光を放ち、剣先を包み込むようにして安定した。

「これで終わりだ――――‼」

俺は、ルシに向かって渾身の一撃を振り下ろした。

「ぎゃ……ぎゃぁぁぁあああっ……」

その一撃は、ルシの体を確実にとらえ……。

そして、次の瞬間……ルシの姿は光に包まれた。

その光の輝きに合わせるかのように、ルシの体を中心にして大爆発が巻き起こる。

「いでで……」

攻撃に集中するあまり……着地のことまで頭が回らなかった。

「……はっ！　ルシは……⁉」

振り返ると、先ほどまでその場にいたはずのルシが、いつの間にか少し離れたところに移動していた。

「……いささか、油断していたようですね」

ダメージを追わせるには成功したようだが、ルシは生きていた。

「そんな……」

「さっ……さすがに、今の攻撃はきついですね」

ルシが膝をつく。

体には、大きな斬撃の跡が残っている。

俺の攻撃は……効いているようだ。

「くっ……」

俺は……倒れかかった体を、剣を突き立ててなんとかこらえる。

「戦いは……これからですよ」

「ああ……」

だが、その言葉を遮るようにして……突如、空が暗くなった。

「な、何だ……」

遅れて……大地が揺れた。

空が闇で覆われ……この世の終わりのような……そんな漆黒へと誘われたその時……。

「まったく……勝手な行動を取りおって」

漆闇の一部を切り裂くようにして現れたのは……まぎれもない魔女の姿だった。

「ルシ……どういうことか説明せい」

魔女は、目の前の光景……俺とルシの闘いの痕跡を見て、静かにそう告げた。

「申し訳ありません……」

ルシは……魔女へと向かって膝をついた。

「まぁ……気持ちは分からんでもないがのう……」

魔女が、こちらへと視線を送ってくる。

「少年……翔太とか言ったか」

「魔女……！」

俺は、その姿に最後の力を振り絞って、再び構えの姿勢に入る。

「いつぞやより……いい表情をするようになったのう」

「……くっ！」

だが、その体勢はすぐに崩れる。

予想以上に……ルシとの戦いによるダメージが大きかったようだ。

「よいよい。童は別に戦いに来たのではないのじゃぞ？」

「じゃあ、何しに来たんだ？」

「そりゃあ……お前さんを助けに来たんじゃよ」

「助けに……？」

「正確には、生かしに……と言ったほうが正しいかの」

魔女が、こちらに向けて不敵な笑みを浮かべた。

その裏に隠されたものが何なのか……それは分からない。

しかし明らかに前回同様、この行動に何か企みがあるのは想像に難くない。

「魔女様……ですが！」

その言葉に異論があるのか、ルシが勢いよく立ち上がる。

「ルシ、お主も威勢はいいが……そんな様子じゃ、ロクに戦えないじゃろう？」

「そんなことは……」

だが、ルシの体には俺の魔法剣の斬撃による大きな跡が、胸の中央に痛々しく残っている。

「くっ……」

そのまま……ルシが再び地面へと膝をつく。

「ほれほれ、強がったところで状況は変わらんぞえ？」

「……分かりました。今日の所は引き下がります」

魔女の言葉に……ルシがそう告げる。

「ですが……次に会った時は、今日のようにはいきませんので……」

「じゃから、こやつを殺すのはまだ先だと言うたじゃろう……」

言いながら、魔女たちの姿が闇へと消えていく。

どうやら……移動の魔法のようだが……。

「おいっ……！」

「翔太、次に会うときには、もっと成長しているのを期待するぞえ」

「……待てっ！」

「魔人程度……簡単にあしらえるようになってもらわんと、困るのじゃからな……」

その言葉を最後に……闇に包まれた先にいた魔女とルシの姿は消え……。

代わりに残ったのは……静寂だけだった。

「終わった……のか？」

「終わったのか、じゃないわよ──────！」

──ばちこーん──！

ルシ撃退の余韻に浸ろうと思った瞬間、志乃によって……殴られた。

「いっ、痛い……何するんだよ!?」

「勝手に旅立ったくせに、慌てて追いかけてみたらいきなり修羅場だし……しかもルシを訳分からない攻撃で倒しちゃって……ああ、もう聞きたいことが多くてまとまらないわよ！」

「だからって……殴ることはないだろ？」

「いいえ！　これは当然の権利なんだから!?」

すると次の瞬間、体全体に温《ぬく》もりを感じた。

「志乃……？」

「もう……本当に、心配したんだからっ！」

気付くと……俺は志乃に抱きしめられていた。

「もう……こんなこと、絶対にしないでよっ！」

志乃の瞳には、涙がこぼれていた。

志乃によってきつく抱きしめられるその力強さから……どれだけ不安にさせてしまったのかを実感する。心配をかけないようにと一人で旅立ったはずなのに、いきなりこんな展開になってしまうなんて……我ながら情けない限りだ。

「……それについては、同感です」

志乃の言葉に合わせるように、若葉が会話に参加してきた。

明らかに、二人とも納得がいかない、っていう表情を浮かべていた。

「というか、何で二人がここにいるんだ？」

「ミシェルが呼んできたお」

その言葉に、二人の後ろからミシェルが現れた。

戦闘の途中から姿が見えないと思ったら、そういうことだったのか……。

「ミシェル。あれだけ内緒で行くって言ったのに……」

「何言ってるの！　むしろ感謝しなさいよ。私たちが来ていなかったら、今頃は翔太くん、大変なことになってたんだからね」

「うぐっ……、言われてみれば……」

「質問に質問で返さないでよね。ちゃんと一から説明してよ！」

「分かった、分かったって……」

胸元をつかんでくる志乃を制止して、俺は事の詳細を説明した。

「まず俺の魔法なんだが、正確に言うと使えないわけじゃない。表に出すことができないだけなんだ」

「……どういうこと？」

俺の言葉に、志乃が、すっきりしないといった表情で聞いてくる。

「俺は魔法式を視覚的に見ることや構成することは出来る。それに力を吹き込むことも出来る。でもその先が出来ないんだ」

先日の達也との戦いで用いた、妨害の魔法式。

あれは他人の魔法式に干渉し、その構成を破壊するもの。

用途は限られるが、そう使うことはできる。

「うん、ある程度は分かってる。でも、それじゃさっきの攻撃は説明つかないでしょ！」

「これはそれの応用だよ。他人の魔法式に干渉できるように、さっきは俺の持っている剣に干渉して、その魔法効果を具現化させたんだ」

体の中に流れる魔法式を、武器と一体化するイメージで付加させ、物体に魔法力を帯びた状態にする。

今回の場合は、さながら「魔法剣」といったところだ。

これが出来るなら自らの体を強化できてもおかしくないのだが、どうやらそれはできないらしい。

あくまで対象は別の物体などでなければならない、という難点がある。

「う〜ん……、若葉ちゃんは知ってたの？」

「はい。兄さんのことは何でも知ってるので」

「はぁ……じゃあ、あの場面で分かってなかったのは私だけってこと？」

「まぁ……そうなるな」

「なによそれ、私一人ピエロだったんじゃない！」

「そう言うなって。あそこでお前がおどおどした態度をしてくれていたから、俺が何をしているか悟られなかったんだし……」


——ばちこーん——！


「もういっぺん殴りましょうか？」

「な……、殴ってから言うなって」

「で、どうしてそんな大事なことを、今まで隠してたの？」

「正直、うまくいくと思ってなかったんだよ」

「よく言うわよ。あの威力……相当なものだったわよ」

「でも、これには大きな難点があってだな……」

「何っ？」

「ものすんごく……時間がかかるんだ」

体の中に流れる魔法力を移動させるという行為が、どれだけの神経を使い、どのくらいの時間を要するか、なかなか理解を求めることは難しい。

実際、ルシとの戦闘時、俺が詠唱を始めたのは、地面に剣を突きつけたあの時だ。

それから、命乞いによる時間稼ぎ、若葉の魔法の発現、その後の若葉とルシのやり取り、すべてを含めると、数分を要している。

しかも意識を集中させるため、身動きをとることはできないときたら、普通は実戦で使えるものではない。

「まぁ……あの威力は予想外だったけどな」

あの瞬間、剣に伝わった威力は……俺でさえ、にわかに信じ難いものだった。

一見するとボロくて古い剣にしか見えないが、もっと何か秘められた力があるのかもしれない。

「それは、分かったわ。……というか、それは置いといて……」

「分かってるよ」

俺は、二人の方へと向かって向き直る。

「二人を連れていかなかった理由については、今も気持ちは変わっていない。俺の勝手な旅に、二人を巻き込みたくないんだ」

「勝手って……そんなこと、ないでしょ？」

「……でもそうだろ⁉　神託の鍵は、お前たち二人のうちの一人だけなんだ。それがどちらか分からないのに、どうやってこんな危険な旅に連れて行けるんだよ」

「私が言ってるのはそんなことじゃない！　翔太くん、何で勝手に行こうとするのよ。何で勝手に一人で決めてるのよ！」

「……兄さん、私たちが邪魔なんですか？」

二人から、涙ぐんだ目で見つめられる。

「いや……そうじゃないよ。絶対一緒に行くって言うと思ったからさ……」

「当たり前じゃない！」

「兄さん、志乃さんの言うとおりですよ！」

「……お前たちを危険にさらしたくないんだ」

ようやく二人の前ではっきりと言い切った。

でも、それが俺の本音だから……。

「なら、そう言ってくれればいいじゃない。翔太くんは……私たちを何だと思ってるの？」

「いや……そんなに怒らなくても……」

「もっと、私たちのことを信用してよ。一人で背負い込まないで……。私は、神託なんてどうだっていい。でも、翔太くんが困っているなら助けたいの！　それだけじゃ、旅についていく理由にはならない？」

志乃の目には、涙が浮かんでいた。

俺は初めてそこで、自分の過失に気づいた。

そしてそれが、志乃たちを悲しませていることに……。

「兄さんのバカ……」

「私だって……兄さんがいなくなったら、寂しくて死んじゃうんだから……」

背中に感じる温かい感触。

言葉こそ少ないが、その言葉に志乃と同じ決意を感じた。

「………」

俺は、しばらく空を見上げながら、自らの考えをまとめる。

だが、結論はすぐには出なかった。

いや……いくら一人で考えたって、もとから答えなど出るはずもなかったのだ。

「分かった。じゃあ、みんなでちゃんと考えよう。それでいいか？」

俺は、右手を差し出す。

「うん……もちろん！」

「……問題ないです」

その上に、二人が手を乗せる。

二人の表情は、先ほどまでとは違い、澄み渡る笑顔に変わっていた。

◇

その後、俺たちが重い足を引きずりながら家へ帰ると、すぐに戻ってくると思っていなかった母さんは、ひどく驚いた。

そして、俺たちのボロボロの格好を見て、急いで手当てをしてくれた。

本日の出発はもちろん中止。

この先についても後日話し合うこととなり、結局は振り出しに戻った。

だが、今はこれでいいのかもしれない。

本当は、もっと簡単なことだったんだ。

俺は、世界を救うとか、危険だとか……そんな複雑なことだけを考えていた。

一番大切にしなければならない、志乃と若葉の気持ちをまったく考えていなかった。
二人が行きたいというのなら一緒に行けばいい。
その先に危険があるのならば、二人を守れるように努力すればいい。
それでもダメなら、みんなで考えればいい。
考えてもどうにもならない状況になったら、最悪そこで旅をやめたっていい。
だけどそれは、自分だけ一人じゃなく皆で決めていくことだ。
答えは一緒に探さなければいけなかったんだ……。

#【エピローグ】

ルシとの戦いから数日が過ぎた。

俺たちの負った傷は深く、完治を待ってから旅立つことにした。

「生きてるん……だよな」

この間の出来事を思い出すと、よくあの状況で生き残れたな……と笑ってしまう。

だが、あれを勝利といっていいのか怪しいものだ。

一人で出て行くと意気込んだものの、結局は志乃と若葉を巻き込んでしまった。

「ま、そのくらいが俺らしいか……」

背伸びして格好よく決めようとしても、無理というものだ。

二人は自らの意志で一緒に旅に出ると言ってくれた。

同じ魔法使いとして、決意を固めた二人を止める権利はない。

正直なところ、心強くもある。

仲間がいる……、それだけで何か大きなことができそうな気がしてしまうのだから不思議なものだ。

俺はベッドから起き上がり、部屋を見渡す。

しばらくこの部屋ともお別れだ。

狭く質素な部屋ではあるが、それでも愛着はある。

「……よし、行くか」

ドアの前にはいくつかの人影があった。

若葉にミシェル、そして志乃だ。

「どちらへ行かれるんですか？」

志乃が、にっこり笑顔でこちらに問いかけてくる。

「へ、平気だって……今度は置いていくことはしないからさ」

「……じー」

「な、なんだよ若葉まで」

「……兄さんが嘘をついていないか確認しています」

「ははっ……」

二人からは、ずいぶんと厚い信頼を得ているようだ。

これは……しばらく、肩身の狭い旅になりそうだ。

「じ———」

「どうした、ミシェルまで」

「若葉のまねをしただけだお」

「そっか……よかった」

これでミシェルにまで疑われたら、さすがに心が折れる。

「……って、そもそもお前は置いていってないぞ」

「しょーゆーこともあるお」

「そういうことって、一体どういうことだよ……」

今は、何でもまねしたい年頃なんだろう。頭をなでてやると嬉しそうにこちらに笑顔を見せてくれる。この笑顔も、ちゃんと守ってやらないとな。

「ミシェルにまで疑われたら、もう終わりね」

「だから、俺がお前たちを置いていくわけないだろ！　仲間……なんだから」

「翔太くん……」

「……兄さん」

その言葉に、二人が照れた表情を見せる。

「だから、俺のことを信じてくれ」

「うん！」

「……はい」

その言葉に、二人が笑みを浮かべる。曇り一つない、心からのものだ。

あの後、ルシを撃退してからの数日間……。

傷の完治を待つのと平行して、この旅について、俺たちは四人で、じっくりと話し合った。

そして、この旅の目的とルールを明確に決めた。


まず、旅の目的は、世界を救うことではなく、真実を知ること。

現在置かれている状況は、あまりに不確定要素が多すぎる。

まずは真実を知り、状況をきちんと判断した上で、この先のことを考えていくことにした。

そのため、神託の告げる鍵を探し、情報を集めることに専念すること。

その上で、魔女討伐は勝算が見えるまでは行動を起こさないことを決めた。

状況を把握した上で、達成が困難なのであれば、撤退も視野に入れること。

無理な戦闘はなるべく控えること。

そして最後に、この決定はこれから出会うであろうみんなで決めて、随時変更をしていくということ。


ほかにもいろいろと出てきたが、収集がつかなくなったのでとりあえず今はここまでとした。

でも話し合いをした成果は大きかった。

話し合いの中でみんなの気持ちをしっかりと理解できた。

今は心機一転、みんなで旅に出たいという気持ちに満ちていた。

「さてと、行くか……」

一階に下りると、母さんの姿があった。

「母さん。行って来る」

「……気を付けてね。これ、持って行きなさい」

「母さんの……お弁当？」

「ええ、母さんとして、こんなことくらいしか出来ないから……」

母さんの手・料・理……⁉

いやいや、下手をするとここで旅も人生も終わってしまう。

ここは遠慮するべきだろう。

「……荷物が多くなると大変だし……遠慮しておこうかな……」

「大丈夫よ。……若葉ちゃんに手伝ってもらったから」

「そ、そうなの？」

若葉に確認すると、首を縦に振る。

「私だって、自分の料理の腕くらい分かっているわよ。でも、これくらいしかしてあげられないから」

「母さん……」

「ほら！　受け取ってよね」

「悪い……ありがとう」

「じゃあ、今度こそ、行ってくる！」

「行ってらっしゃい」

◇

母さんの声を背に受けながら、一度も振り返らずに扉を開ける。

「さぁ、行くぞ」

島間を移動するために、まずは地上へと降りる必要がある。

俺たちは、その地上連絡航《グランポート》を目指す。

「もしかして……学園に何も言わずに行くつもりなの？」

「ダメか？」

「……呆れました」

「はぁ……。先日の件もあったし、もしかしたらと思っていたけど……さすがにそれはないんじゃない？」

二人とも、明らかに不快そうな表情。

「と言われても……特に用はないぞ」

すでに、学園には休学届けを出して受理されている。

正確には、公務ということで何も問題ないようだけど、学園を離れるということでは同じことだ。

「さ、行くわよ」

俺の荷物を持ち上げ、志乃が歩を進めていく。

「おい、行くってどこに？」

「イエグディウール魔法学園よ」

「学園に？　何で？」

「そんなの、決まってるでしょ。翔太くんは、この島を救ったんだからね」

「おーい！　来たぞー」

その声に、屋上から応援団幕が下ろされる。

窓からは多くの学生たちが、こちらへ激励の言葉を投げかけてくる。

明らかに、異様な光景……学園の皆が、俺たちの旅立ちを応援してくれているのだ。

「何だ、これ……」

「だから言ったでしょ。といっても、公にできることじゃないから学園のみんな以外は知らないんだけどね」

「お前は……知ってたのか？」

「うん。翔太くん、絶対こういうの嫌うだろうから黙っていました」

「何だよ、それ！」

俺は、その光景をじーっと眺める。

「少しは……実感できた？」

「ああ……」

しばらく、今の状況をかみしめる。

初めて使命の大きさを実感することができた。

「どうする？　中に入る？」

「いや……ここでいいよ」

少し強く吹いた風が、心地よく俺の横を通り過ぎた。

学園にいい思い出はないと思っていたが、こうしていると感傷的な気持ちに包まれる。

「兄さん、なんか嬉しそう」

「恥ずかしいから、そういうことは言わなくていい……」

俺は、気持ちを振り絞って学園の皆に向かって叫んだ。

「一条翔太……必ずここに戻ってきます！」

そのひと言で、皆の歓声がさらに大きくなった。

「よし、行こう」

今度こそ地上連絡航《グランポート》へと向かおうとすると、視線の先に人影を見つけた。

「……翔太」

そこには、神条達也の姿があった。

「すまない。旅立ちの邪魔をしちゃったか？」

「いや、そんなことないよ」

「なら、ちょっといいか？」

俺は、三人を先に行くように伝え、達也と二人っきりになった。

「どうしたんだ？」

「いや……お前が旅立つ前に、ちゃんと伝えておきたかったんだ。すまなかった。俺が間違っていたよ。お前は、立派な魔法使いだ」

「……何か、急に変わると気持ち悪いな」

「そう言うなよ。俺だって反省しているんだ」

「別にいいよ。実際、魔法は使えないしな」

「ははっ、そうだったな。ただ、お前がみんなを救ってくれた、それは動かない事実だ。そして、それは俺にはできなかった」

「別に……運がよかっただけだよ」

「そんなことない。皆がお前のことを特別扱いしていると文句を言いながら、一番色眼鏡で見ていたのは、俺だったようだ。だから、今までの非礼を詫びさせてくれ！」

達也が、俺に向かって頭を下げた。

「いいから……頭を上げろよ」

「……ありがとう」

「で、魔女討伐はもう諦めたのか？」

「まさか。今はまだ無理だが、俺も魔女討伐の夢は諦めない。いつか、お前たちの力になれるように頑張るよ」

達也が、俺に向かって屈託のない笑みを見せた。これが、本当の達也の姿なのだろう。

出会い方が違っていれば、親友になれていたかもしれないと感じた。

「帰ってきたら……あの、二本目のやり直しをしよう」

「楽しみにしてるよ」

「だから、それまでは死ぬんじゃないぞ」

「当たり前だ」

「期待しているよ。一条翔太……いや、翔太」

達也から差し出された右手を取り、固く握手する。


小走りで移動すると、角を曲がったところで三人が待っていた。

「……話は、終わった？」

「ああ。終わったよ」

「……じーっ」

真横から視線を感じる……と思い視線を送ると、若葉の顔がもの凄く近いところにあった。

「ど、どうした？　俺の顔に何かついているか？」

「遅いから……てっきり、殴り合いでもしているのかと」

「するか！」

「……つまんないです」

俺に対して何を期待しているのか謎だが、熱血の展開を所望していたのはよく分かった。

「で、まずはどこに行くんだっけ？」

「……がぶりーぬ、だお」

「とりあえず、島から出ないといけないのは分かる。だがその先はどうするんだ？」

「しらないお！」

「まったく……優秀な水先案内人だな」

「どーいたまして」

「一応言っておくが、褒めてないからな」

「あいだおー」

ミシェルが駆け出す。

「ちょっと、迷子になるから勝手に行かないでよ！」

「兄さん。早く捕まえないと！」

「……ああ。まったく手のかかる奴だな」

それを追いかけて志乃が、若葉が、俺が駆け出す。

「こっちだおー」

「ミシェル！　地上連絡航《グランポート》は逆だって！」

「……小さいのにすごい速さです」

「何だか、いきなりお先真っ暗だな……」

いよいよだ。

頼もしくて……ちょっと口うるさい仲間たちと一緒に旅へ出発するのだ。

神託の光が指し示す先、ガブリーヌを目指してからはあてのない旅……。

まだ見ぬ仲間たちとの出会いに、期待が高まる。

まだ見ぬ地への思いに、胸の鼓動が大きくなる。

不安は考えないようにしよう！

まずはできることからやっていこう！

「さあ、俺たちの冒険の始まりだ！」

それは、《落ちこぼれ》が世界を救うという無謀な挑戦。

だが、やってやれないことはないはずだ。

夢を叶える力を持つ者は、いつだって、それを強く願い続けた者なのだから……。

あとがき

まずは、この本を手に取っていただいてありがとうございます。

著者の「たつき」と申します。

最初に、この本の簡単な自己紹介をしようと思います。

この企画は、PCゲーム「1／7の魔法使い」と紐づいた形で生まれた作品で、実は原作があったりします。

「1／7の魔導使い」は世界滅亡へと導く厄悪〝魔女〟と戦う少年少女の成長を描いた作品「1／7の魔法使い」の子どもたちの世代にスポットをあて、再び目覚めた魔女へ立ち向かうという物語構成となっています。

当初はサイトエピソード的な単巻ものを考えていたのですが、せっかくなら新しい事をしようという編集部様からのありがたいお言葉を頂き、続巻を含めての新規タイトルとして今の形に落ち着きましたが、今思い返してみると魔女が世界を滅亡に導き、世界が再構築されたことにより、7つの浮遊島を舞台にした広がりのある世界観構築など、さまざまな新規設定が受け入れられたので、自分にとって魔女は、むしろありがたい存在でした（笑）。

そんな感じで世界観はある程度様変わりをしていますが、もちろん「1／7の魔法使い」

をプレイして頂いた方に楽しんで頂ける部分も数多く存在するというのが、本作の一つのテーマである家族愛を描くには欠かせない要素となっています。

親となった「1／7の魔法使い」たちが翔太たち子供を陰ながら支え、《導》いていく、親子二代で紡がれる深みのある物語を目指して……なんかハードルが上がっている気もしますがこの先も頑張っていきますので、ぜひこれに懲りずにお付き合い頂けたらと思います。


最後になりましたが、お世話になった皆様への謝辞を。

前例のない形での企画に賛同頂いた創芸社クリア文庫のY本様、I上様、新人である自分の拙い作家性を尊重しながら度重なる改稿にもお付き合い頂き、ありがとうございました。

ゲーム企画との連動にOKを頂いたのみならず、ゲームの初回特典としての同梱までご提案頂いたアールエスケイ株式会社のT中様、ディレクターのH本様、HPやロゴ制作でお世話になったクラスレーベルデザインのF本様、N尾様、ALIVNEの琉姫アルナ様、そしてイラストレーターのTEL－O様、武器デザインなど、作業も多く大変だったと思いますが、この先もっと大変になると、ここで宣言しておきます（笑）。

それではまた、二巻でお会いできるその時まで！

國鉄が分割民営化されずに
存続した未来のパラレルストーリー☆
コミックも連載中！
ブレイドオンラインにて★
RAIL WARS! OFFICIAL FANBOOK
日本國有鉄道公安隊
公式ファンブック
OFFICIAL
FANBOOK
発売中
＜定価＞本体2,315円+税
【最新情報は特設サイトで！】http://www.groundnet.co.jp

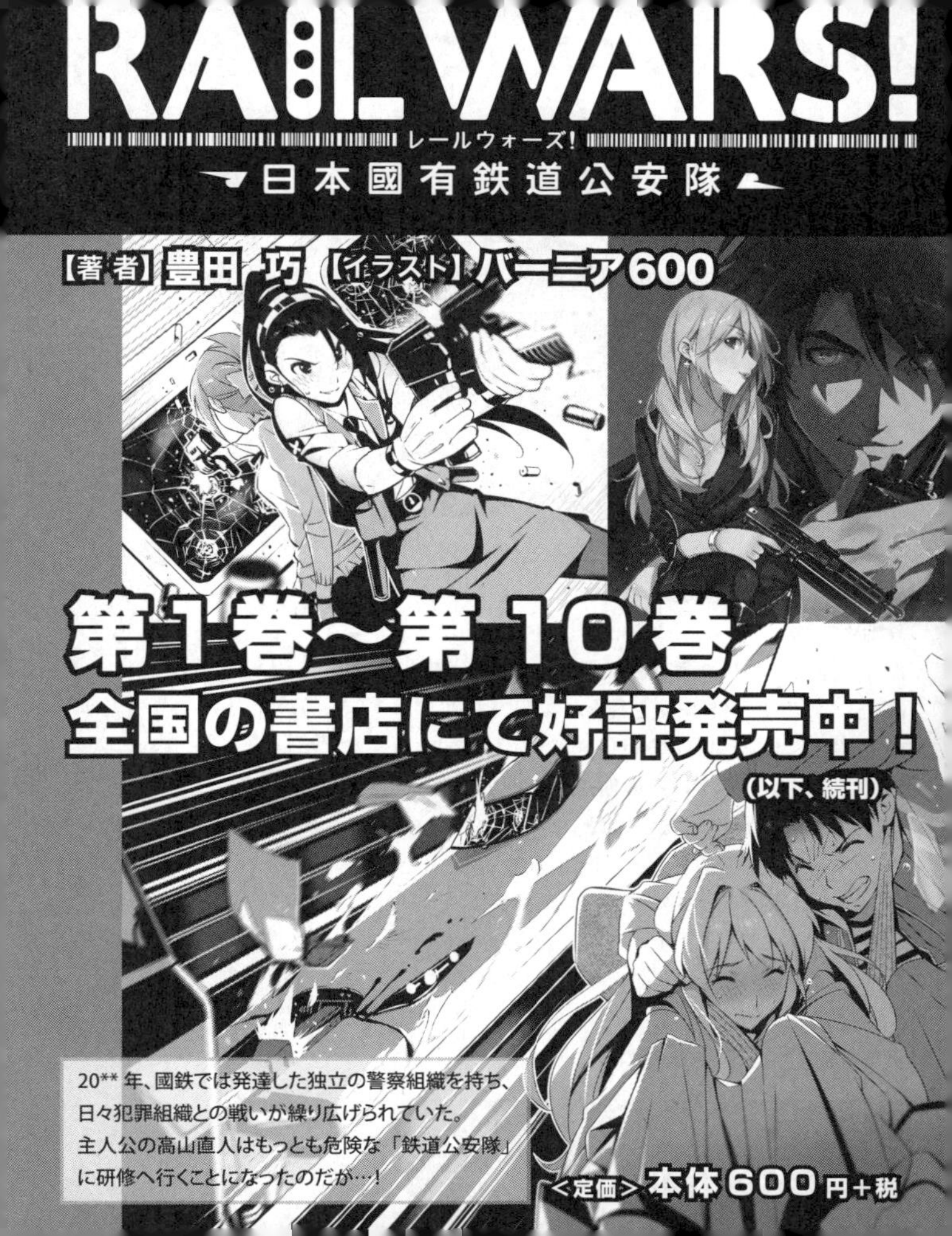
RAILWARS!
レールウォーズ！
日本國有鉄道公安隊
【著者】豊田 巧 【イラスト】バーニア600
第1巻〜第10巻
全国の書店にて好評発売中！
（以下、続刊）
20** 年、國鉄では発達した独立の警察組織を持ち、
日々犯罪組織との戦いが繰り広げられていた。
主人公の高山直人はもっとも危険な「鉄道公安隊」
に研修へ行くことになったのだが…！
＜定価＞本体600円＋税

寝台特急サンライズ出雲で
運命の出会いを
求めて出雲大社へ!

★刀よりも鉄砲が進化していった
第2巻発売中！
ガン・シャドウ
GUN SHADOW
銃☆射道
【著】朝日エリヲ 【イラスト】ERIMO
<定価> 本体650円+税

バレットハート、それは少女の姿をした
最強の銃
フリントとシュネは、各地に散った
バレットハートを取り戻す旅に出る

＜定価＞本体650円＋税
第1巻発売中！
同人誌作りって、快感……
ACAの学生・杉坂ヒロが、
伝説のゲーム復活のために
突きつけられた2つの条件とは！
全国から若きクリエイター志望者達が集う学校、ACA。
ARメイドのアイリスと共にそこへ入学した高校生・杉坂ヒロは、そこで自分の
人生を変えた伝説の同人ゲーム『48KBレンアイ』の作者、藤崎玲愛と出会う。
だが彼女の口から告げられたのは、まさかのプロジェクト中止で！？
「だったらオレにその続きを作らせてください！！」
そう頼み込むヒロに、玲愛が示した二つの条件とは——？

製本室
A アキバ
C クリエイティブ
A アカデミー
あらゆる同人活動に特化した学校だ
同人サークル数はまさに三千以上！
発表されるランキングで見事トップを獲得したら俺は……
No.1!
3000サークル
このアイリスとお結婚してくれですって？
ご主人さまったらお恥ずかしいです～
違うっ
小説発売前から死亡フラグを立てるとはなかなかやるね
たっしゃでな…
玲愛さんとの約束だったでしょうが

ドージン◎ニューエイジ◎ヒーローズ

【著者】えじむら　【イラスト】兎塚エイジ

【原案】裏葉（とらいあんぐる！）

近未来のアキハバラを舞台に始まる、超個性的な少年少女たちの青春創作劇

1/7の魔導使い

2015年2月28日　初刷発行

著　者 ―――― たつき
イラスト ―――― TEL-O
編集人 ―――― 山本洋之
発行人 ―――― 吉木稔朗
発行所 ―――― 株式会社 創芸社
〒150-0031 東京都渋谷区桜丘町2番9号 第1カスヤビル5F
電話：03-6416-5941　FAX：03-6416-5985
カバーデザイン ―――― 石田大志
印刷所 ―――― 株式会社 エス・アイ・ピー

ISBN978-4-88144-203-6 C0193